中国神话故事

弘丰　主编

青岛出版社
QINGDAO PUBLISHING HOUSE

图书在版编目（CIP）数据

中国神话故事 / 弘丰主编. —青岛：青岛出版社，2019.10

（“快乐读书吧”系列）

ISBN 978-7-5552-8611-0

Ⅰ. ①中… Ⅱ. ①弘… Ⅲ. ①神话—作品集—中国 Ⅳ. ①I277.5

中国版本图书馆CIP数据核字（2019）第204506号

书　　名　中国神话故事
主　　编　弘　丰
出版发行　青岛出版社
社　　址　青岛市海尔路182号（266061）
本社网址　http://www.qdpub.com
邮购电话　13335059110　0532-68068026
策　　划　马克刚
责任编辑　程兆军
封面设计　余　微
印　　刷　晟德（天津）印刷有限公司
出版日期　2020年4月第3版　2020年4月第3次印刷
开　　本　32开（880mm × 1230mm）
印　　张　4.5
字　　数　90千
书　　号　ISBN 978-7-5552-8611-0
定　　价　16.80元

编校印装质量、盗版监督服务电话：4006532017　0532-68068638
建议陈列类别　少儿

目录

CONTENTS

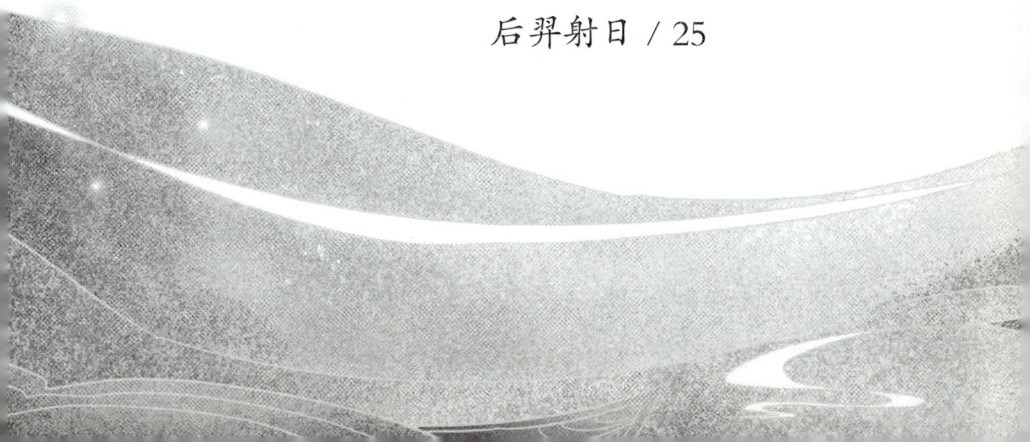

阅读指导

神话故事是先祖们编织的梦。中国神话故事由远古时代的人民集体口头创作，口口相传，生生不息，是中华民族共同拥有的精神财富。中国神话故事像中国历史一样源远流长，和中国文化一样绚烂多彩。通俗易懂，想象奇特，表现夸张，充满宏伟的气魄和浓郁的浪漫主义精神，是古代先祖智慧的结晶；其情节曲折，生动有趣，引人入胜，反映了古代先祖对自然与世界天真的想象和对美好生活的向往，也承载着先祖们对未知事物的探索。

《蚕马》的故事告诉我们诚信的约束不仅来自外界，更来自自身，我们应该约束自我，努力成为诚实守信之人，失信于人必将自食恶果。《山女伏旱魔》让我们看到先祖们勇于牺牲奉献、拯救民众的大无畏精神。《摇钱树和聚宝盆》《黄果树瀑布》告诉我们幸福生活需要踏实肯干，勤劳致富，不能好逸恶劳，不贪图不义之财。《山海经的故事》则为我们展现了上古时期的各种奇闻异事、奇珍异兽，激发人们丰富的想象力。《钱王射潮》让我们看到了古人不畏困难挫折、改造自然的勇气和决心。

从一个个美丽动听的神话故事中，我们看到中华民族固有的英雄气概，博大的智慧，崇高的理想，献身的精神，以及对黑暗的憎恶，对光明的向往，对美好生活的热烈追求。通过阅读这些神话故事，可以增强我们的民族自尊心、自信心和自豪感，追溯民族精神源头，获取更多积极向上的正能量，使我们更加热爱中华民族源远流长、光辉灿烂的历史和文化，并得到美好的艺术享受。

盘古开天

在很久很久以前，天和地还没有分开，整个宇宙是黑暗混沌的一大团，像一颗超级巨大的蛋。在这颗巨蛋里，睡着一位名叫盘古的人。他已经在这颗巨蛋里安静地沉睡了一万八千多年了。随着时间的增加，盘古的身体也一天一天地慢慢成长。他越长越大，越长越高，渐渐成为一个力大无比的巨人。

这一天，巨人盘古终于睡醒了。他慢慢地睁开眼睛，四周一片漆黑，什么都看不见。他想伸展一下筋骨，却被巨蛋紧紧包裹着身体，动弹不得。这种状态让他很难受，心情也变得很糟糕，越来越烦躁，感觉自己被闷得透不过气，呼吸也跟着变得困难了。

愤怒的盘古不打算再忍耐了，他用尽力气，张开巨掌，挥动双臂向黑暗中劈去——轰隆隆，轰隆隆，随着巨大的响动，原本混沌的巨蛋被搅动开了。巨蛋被分成了两部分：一些很轻又清亮的东西慢慢向上升，它们变成了湛蓝色的天空；一些很重又污浊的东西缓缓落了下来，它们堆积在一起，越堆越厚，变成了厚重又坚固的大地。就这样，天和地分开了，盘古眼中的世界也不再是漆黑一片。

此时的盘古，头顶托着天，双脚踩着地，屹立在天地之间。他的心情好极了，辽阔的视野，清新的空气，这样的变化让他很

满意。但是，他仍旧担心天和地还会合拢在一起。于是他叉开双脚，挺直腰，又稳了稳踩在地上的双脚，直了直脖子，将头昂起来，把天空又向上顶了顶。此时的盘古就像一根大柱子一样，撑在天地间。

可是即便这样，天和地之间也离得太近了，伟大的盘古便用意念使自己的身体不断增高。他心里不断地重复着："让我再长高一些，再长高一些。"他的意念十分强大，身体就听从了意念开始不断长高。每当他的身体增高一丈，天就升高一丈，地就加厚一丈。

不知不觉又过去一万八千年，天升得非常高，地变得非常厚，盘古也成为顶天立地的巨人，有九万里那么高。他见天和地再也不可能合拢在一起，终于放心了。可是，他昂首挺胸地站立了那么多年，已经耗尽所有的体力和精力，轰隆一声倒在了地上。

临死前，盘古没有忘记把自己奉献给这个新诞生的世界：他的左眼变成了光芒万丈的太阳，挂在天空照耀着大地；他的右眼变成了皎洁的月亮，为黑夜带来光明；他的头和躯干变成了巍峨的群山，他的手足变成了大地的四极，他的头发变成了闪烁的繁星，他的汗毛变成了美丽的花草树木，他的肌肉变成了肥沃的田地，他的牙齿和骨骼变成了洁白的美玉和地下无穷尽的宝藏，他的血液变成了奔流的江河湖海，他呼出的气息变成了孕育万物的春风，他的汗水变成了滋润大地的雨水和露珠。

就这样，盘古完成了开天辟地的神奇伟业，给后人留下了广阔美妙的天地，盘古也因此成为中华民族永远尊敬的大英雄。

女娲造人

盘古开天辟地以后，不知道具体在什么时候，天地间出现了一位神通广大的女神，名叫女娲。据说她是由盘古的心脏化生而成。女娲长得十分漂亮，只要你能想到的漂亮样子，她都可以是，因为她一天之间就可以变化七十多次。而女娲最美的时候，就是在她微笑的时候，如果你能够看到她的笑容，你会感觉那笑容犹如你最喜欢的花朵在你面前盛开，就连你的嘴角也会不自主地上扬。

这一天，女娲像平时一样，在天地间散步，她在这里走走，又到那里看看。虽然天地间有美丽的山川河流，绿草成茵，但她还是觉得少了些什么。忽然，她想到了那个可以用来形容此时心情的词汇——孤独。她觉得应该在天地间添点什么，让世间朝气蓬勃起来。她一边想，一边走，到底应该添点什么呢？

走着走着，女娲有些渴，就到溪边喝水。当她看到水中自己的倒影时，才恍然大悟地说："对啊，大地这么广阔，应该有许多跟我一样的生命才对，那样多有意思啊！"于是，女娲从溪边掘起一团黄土，掺些溪水，照着自己的模样，捏出了一个可爱漂亮的泥娃娃。

女娲把泥娃娃放在地上，没想到他一落地就活蹦乱跳了。泥

娃娃不仅会走，还能言善语，不停地管她叫“妈妈”。

女娲开心极了，她把这个新创造的生命叫作“人”。人的身体虽然小，但因为是神创造出来的，所以明显和鸟兽不同，人具有一种统领天下的气概。

女娲非常满意自己的作品，决定造出更多的人，让世间充满欢乐。于是，她继续用黄泥和着溪水，不分日夜地捏啊捏啊，捏出了许许多多的泥娃娃。泥娃娃落地后，就变成了人类，他们欢喜地喊她“妈妈”，向她鞠躬行礼，然后欢快地到处走啊、跑啊，到处去感受新鲜的环境和事物。

大地实在太辽阔了，那些人很快就跑远，不见了踪影。原本周围还被很多小人儿簇拥的女娲此时又孤孤单单了，这让她不禁有些犯愁：怎样才能立刻让大地上到处都是人呢？突然，她灵机一动，想出一个好办法。她得用简单的办法，创造出更多的人类。于是，她采来很多野草，将它们搓成草绳，再将黄土和溪水制成泥浆，之后把草绳蘸满泥浆，然后用力向大地甩去——只见数不

尽的泥点落在大地上，立即变成一个个小小的人，真是太神奇啦！女娲高兴极了，这个方法果然简单很多，她不停地甩啊甩啊，终于，天地之间到处是欢声笑语的人，她可以停下休息了。

可是，过了一段时间，女娲发现人在一天天减少。原来，人在世上生活一段时间后，会变老死去，所以越来越少。为了解决这个问题，女娲便把人分成男和女，让男人和女人相互结合，在一起生儿育女，传宗接代，使人类一代代繁衍下去。

为了感谢女娲创造人类和她建立的婚姻制度，人们为她修筑了许多神庙，在每年的阳春三月，聚集到神庙附近，举行各种纪念盛会，赞颂女娲的神奇和伟大。

共工撞裂天柱

女娲造人的时候，人间的陆地面积并没有那么大，大多数都是水域，而这广阔的水域是由水神共工掌管的。共工的长相很凶，他的面孔虽是人的样子，但他身体似蛇，头发血红，性格喜怒无常，而且非常专横霸道，总想成为天地间的最高主宰。

共工有个死对头叫颛顼。颛顼负责掌管着整个宇宙，常常利用自己的权势压制其他天神，而且毫不怜惜人类。颛顼曾下令将太阳、月亮、星星固定在北方的天上，不许它们移动，这导致大地上有光线的地方刺得人们睁不开眼睛，而那些没有光线的地方，人们则长期处于漆黑的伸手不见五指的环境中。所以上至于天，下至于地，大家都对颛顼充满了怨言。

共工其实早就想夺取颛顼的王位，当他看到大家都对颛顼的统治不满时，便觉得时机已到。于是，他暗地里将对颛顼不满的天神们聚集起来，在一个漆黑的夜晚，带领天兵天将攻打颛顼。

颛顼得知消息后十分震惊，赶紧下令点燃七十二座烽火台，召集兵力前来增援，然后亲自带领兵马抵御共工的袭击。两队兵马水火不容，从天上厮杀到凡间，再从凡间杀回天上，整整激战了七七四十九天，双方打得难解难分。

共工有两位得力干将，一个叫相柳，一个叫浮游。相柳跟共工一样，也是人面蛇身，只不过他浑身青色，样子更加可怕。浮游则是长了九个脑袋，并且每个头都能够喷射剧毒。在他们的帮助下，共工面对这场战役没有丝毫退缩，他勇往直前，直到胜利在望。

狡猾的颛顼知道自己实力不强，就开始在心里盘算，他得想出一个能够取胜的办法。他先是正面迎战，随后装作打不过共工的样子。颛顼一边打，一边退，就这样将共工的两位助手引到一个没有退路的山洞里，然后口吐烈火，将他们杀死，最后把共工逼退到西北方的不周山下。

一向高傲的共工见自己的爱将牺牲了，自己也无心恋战，他的心里除了悲伤，就是愤怒。满腔怒火无处发泄的共工最后气急败坏，他使出浑身力气向挡住他去路的不周山撞去。共工一向以身高力大闻名，这一撞可不得了，只听“轰隆隆”一阵巨响，不周山竟然被他拦腰撞断，整个山体崩塌下来。

不周山本是擎天的大柱子，它一断裂，天就破了一个大窟窿，并且西北的天空因为失去支撑而倾斜下来。这种倾斜导致的后果十分可怕，灾难接二连三地发生了：首先，天上的日月星辰都脱离了原来的位置，它们纷纷坠落到人间，燃起森林大火；其次，天河之水倾泻而下，原本人们生活的土地在转瞬之间变成一片汪洋，大水淹没了人类生活需要的房屋和田地，人们失去了赖以生存的家园。人都如此，更何况野兽？森林湖海中的野兽为了逃命，开始狂奔乱窜，见人就咬……顿时，大地呈现一番地狱般的悲惨景象。

女娲补天

不周山被共工撞倒后，天上就出现了一个很大的窟窿，地上也被震得到处是深坑，地心涌出的洪水，与泛滥的江河湖海汇集在一起，使陆地变成了汪洋。与此同时，森林里却在燃烧着熊熊烈火，毒蛇猛兽四处逃窜，残害百姓。

女娲看到大地上的惨状，看到她亲手创造的人类正遭受灭顶之灾，感到无比痛心。她决心先将天修补好，再填补地上的沟壑，让人类重新生活在美丽和谐的人间，过上幸福快乐的生活。

当有补天的想法后，女娲就开始思考，天漏了该用什么补呢？她环顾四周，潜心琢磨，终于想出一个好办法。女娲上天入海，分别找来世间罕见的宝石，并将它们用大火冶炼，把它们烧成红、黄、蓝、白、黑五种颜色的石浆。她飞走于地面和天空之间，用石浆补好了天上的窟窿。

窟窿补好了，但天柱依旧是断裂的，无奈之下，女娲又从大海里捉来一只巨大的神龟，把神龟的四只脚当作四根柱子，将西北倾斜的半边天支撑起来。天空终于从摇摇欲坠变得稳固，那些掉在地上的日月星辰也被女娲重新放回到了天上。只不过因为神龟的腿不够长，所以相比其他三面，西北方向的天边偏低，从那以后，日月星辰都朝那个方向溜下去。

至于那只失去四足的神龟，它化作了大海中的一座龟山，日日夜夜守望着人间。

天上的事情解决了，接下来就该解决地面上的问题了。女娲四处收集芦草，把大量的芦草烧成灰，再用芦灰堵塞住地上肆虐的洪水。由于洪水已经泛滥很久了，它们也肆意地流走了很多地方。所以女娲付出了很多精力，才填平地面上纵横交错的沟壑。但是，由于地面受到剧烈的震荡，东南方逐渐低沉，所以江河总是流向东南方。

最后，该去收拾那些残害人类的野兽了。女娲首先杀死了一条兴风作浪、吃人无数的黑龙。那些四处逃窜的毒蛇猛兽在得知后非常害怕，赶紧躲进深山老林，再也不敢出来害人。

从那以后，天地间有了日月星辰的运行，有了春夏秋冬四季交替，有了昼夜的不同，有了江河水流的归顺，人类在女娲的呵护下，终于从巨大的灾难中解脱出来。

望着重新平静下来的世界，女娲感到非常欣慰。她真的很爱人类，为了让人们生活得更快乐，她还创造出一种叫“笙簧”的乐器。那是由十三只管子组成、形状看起来像凤凰的尾巴的乐器。每天晚上，劳动了一天的人们会吹起笙簧，也有人会伴着美妙悠扬的乐声翩翩起舞，音乐让人们觉得更加幸福。

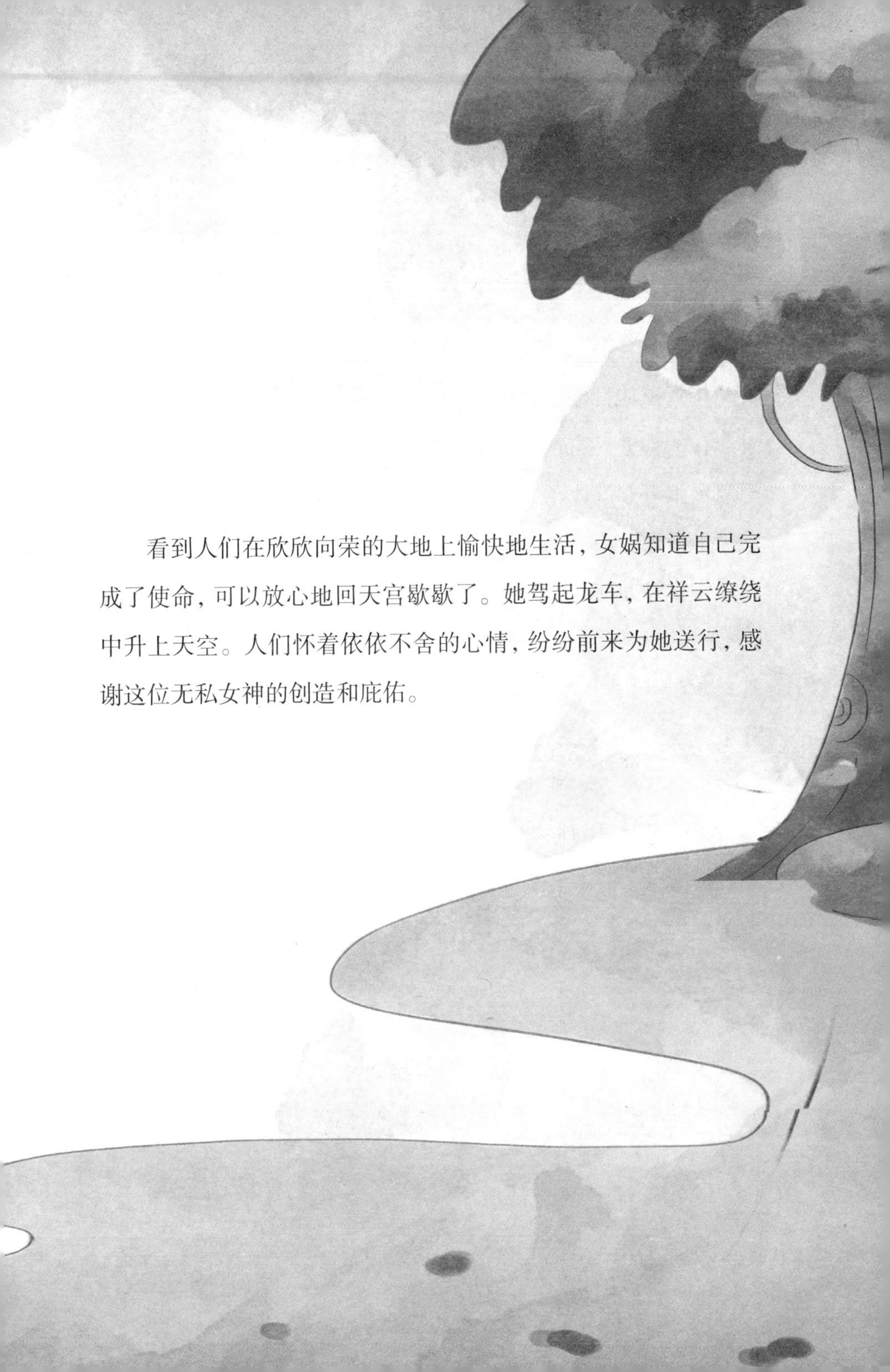

看到人们在欣欣向荣的大地上愉快地生活，女娲知道自己完成了使命，可以放心地回天宫歇歇了。她驾起龙车，在祥云缭绕中升上天空。人们怀着依依不舍的心情，纷纷前来为她送行，感谢这位无私女神的创造和庇佑。

伏羲诞生

华胥国的百姓居住在雷河两岸，雷河的源头叫“雷泽”，是雷神居住的地方。雷神喜怒无常，导致雷河水也常常千变万化，有时风平浪静，有时奔腾咆哮，有时像发狂的野兽横冲直撞，泛滥的河水会淹没两岸的房屋和树木。

常常被水灾困扰的人们，这一天聚在一起，商议怎样解决问题。其中有一个人说：“我们最好能派一个人到雷泽去见见雷神，劝他离开人间，到天上去居住。如果那样雷河的灾害就能消除了。”

这个解决方案虽然好，但如何才能找到那个勇敢的人呢？毕竟雷泽那么远，雷神又那么可怕，根本没有人敢去啊。

雷河岸上有一对老夫妻，他们的独生女儿叫华胥，是一个美丽善良、坚强勇敢的姑娘。自她知道消除灾难的唯一办法后，为

了让人们远离灾害，华胥瞒着父母离开家乡，顺着雷河往上游走，打算去劝说雷神。一路上，她饿了就采野果吃，渴了就喝雷河水，也不知道走了多久，终于来到一望无际的雷泽湖边。

华胥望着深不见底的雷泽湖，不知道怎样才能见到雷神。突然，湖面波涛翻滚，从湖底钻出一个人首龙身的怪物。华胥吓了一跳，急忙躲到一棵大树的后面。就在她身体向后撤的时候，根本没注意到自己的脚正好踩在一个巨大无比的脚印之上。踩到脚印后，她的身体不由得震动一下，产生了一种异样的感觉，竟然站在原地无法动弹。

钻出水面的那个人首龙身的怪物就是雷神，而那个巨大的脚印也是雷神留下的。华胥姑娘站在原地，镇定地质问雷神："天神都应该住在天上，你为什么住在人间，还给雷河两岸的百姓造成这么苦痛的灾难呢？"

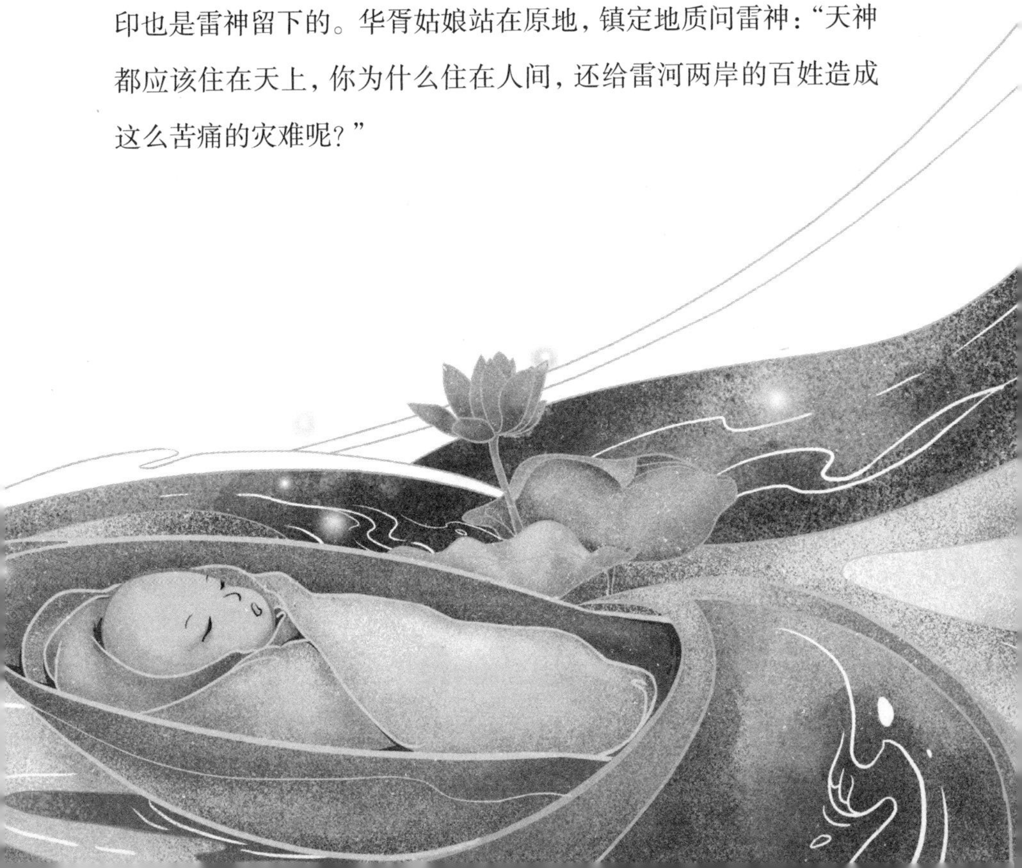

雷神虽然性格暴躁，却很佩服华胥的勇敢，也爱上了她的美丽，于是他回答说："我可以如你所愿，离开雷泽湖去天上住，但是你得答应做我的妻子。当然，我一定会好好对你的。"

华胥为了解救百姓的痛苦，答应了雷神的求婚，雷河终于平静下来，不再泛滥。另外，华胥因为踩了雷神的脚印，从此感孕，不久便生下了一个男孩。日日与雷神为伴、无法回到家乡的华胥对父母真是日思夜想，思来想去，华胥觉得："如果我自己回不去了，不如把儿子送回去吧。"

一天，华胥趁着雷神外出，就把儿子放在一个像小船一样大的葫芦里，然后将它推进雷泽湖。就这样，葫芦带着小宝宝顺着水流向雷河下游漂去。此时，正赶上华胥的老父亲在河边思念女儿，突然见到一只顺流而下的大葫芦，觉得很意外，连忙将葫芦捞上来。回到家一看，葫芦里有一个白白胖胖的小男孩。小男孩的身上裹着的衣服正是华胥的。老两口顿时明白了，这一定是自己的外孙！于是，他们高高兴兴地抱着这个孩子，并决定要好好抚养这个孩子长大成人。

当地的人们听到这个消息，都纷纷前来祝贺。因为孩子是装在葫芦里漂来的，大家便给他取了个名字叫"伏羲"。在华胥国的方言中，"伏羲"就是"葫芦"的意思。

结网捕鱼

雷神的儿子伏羲长大以后，成为身材高大的巨人。当时，人们的生活十分艰难，起初大家只能靠采摘野果充饥，后来才渐渐猎取一些野兽，过着吃了上顿没下顿的日子。善良的伏羲看到大家过着这样的日子，心里非常难受，他想要帮大家解决问题，但思考了几天几夜之后，仍然没有想出任何办法。

这一天，伏羲一个人来到河边转悠。突然，一条又肥又大的鱼跳出水面，然后扑通落回到水中。伏羲灵机一动，心想："水里的鱼又肥又大，不正可以吃吗？"于是，他下到河里，捉了一条大鱼上来。

当他将捉上来的鱼带回去，分给大家吃后，大家都觉得味道不错，于是大家都高兴地说："以后我们再也不用担心饿肚子了，我们可以捉鱼吃。"从那以后，人们都学会了到河里捉鱼吃。

看到大家不再饿肚子，伏羲心里美滋滋的。可这也给伏羲带来了一个大麻烦。龙王得知自己的鱼被人类抓走吃掉，十分恼怒，于是亲自带着手下跑来找伏羲算账。龙王恶狠狠地对他说："遍布大地的江河湖海都是龙王我的天下，你好大的胆子，竟然让这么多人到我的地盘捉鱼吃！"

机智过人的伏羲理直气壮地说："你不准我们捉鱼，那好，以

后我们饿了就喝水，把水全喝干，让你们无处藏身！”

龙王一听害怕了，心想，如果水真被人类喝干了，自己岂不是性命难保！于是，他脑子一转，对伏羲说：“只要你们不把水喝干，想捉鱼就捉吧。”但是龙王还是心有不甘，继续说道，“不过你还得答应我一个条件：不能用手捉鱼，其余用什么方法都行。如果你们答应这个条件，我们双方都不许反悔！”

伏羲答应了龙王提出的条件，龙王以为伏羲上了当，得意地回去了。

伏羲坐在大树底下，他开始思考，怎样才能不用手，还能捉到鱼呢？如果用木棒击打，击中率非常低，人们还是会挨饿。就在这时，他抬起头看见了一只蜘蛛在树杈中织网，织好后，蜘蛛会躲到一边，等网住猎物之后自己便不慌不忙地爬过去饱餐一顿。

伏羲顿时开了窍，兴奋地叫起来：“我有办法了！”他跑到山上找到一些藤条，像编织蜘蛛网那样，将藤条纵横交错地绑在一起，然后又砍了三根木棍，两根短些的交叉绑在网上，一根长的绑在一边，制成一个渔网。

伏羲举着渔网来到河边，只需将网放在河里轻轻一捞，就捞上来好几条活蹦乱跳的大鱼！他兴奋极了，大声喊道：“快来啊！大家快来看看我做的渔网！”伏羲将渔网的制作方法教给大伙儿，很快人们就都学会了。

龙王见人们用渔网捕的鱼比用手捉的鱼还多，非常后悔，可人们并没有违反约定，他只能有苦说不出啦。

羲和十子

在海外的东方有一个名叫旸谷的大水池，羲和就在那里生下她的十个太阳儿子。十个太阳每天在水池里洗澡、玩耍，它们长得非常像，一个个圆头圆脑的，羲和常常分不清哪个是哪个。水池中央有一棵扶桑树，高几千丈，粗一千丈，上面长着十根巨大的树杈，是十个太阳休息的地方。

一天，天帝给十个太阳下了一道命令说："你们每天一个，轮流到人间做工：清晨时从旸谷出发，然后漫游天空，黄昏时在西方降落。"

每个太阳在值班前，都要先在旸谷里痛痛快快地洗个澡，然后从扶桑树下往上升，升到扶桑树的顶端后，再坐上羲和妈妈驾驭的六龙车，风驰电掣般行驶起来。凡是六龙车驶过的地方，刹那间金光万道，天下大白，一直行驶到悲泉，羲和才停下六龙车，剩下的路需要太阳儿子自己步行，她得回家为下一个值班的儿子做准备。

每当这个时候，羲和总要千叮咛万嘱咐，关照儿子一路小心，然后目送儿子远去，直到黄昏的金光照在榆树上，才放心地驾驶神车赶回旸谷。

十个太阳儿子刚开始都能遵守天帝的规定，可日子一长，他们感到非常乏味，趁着妈妈不注意，一起从旸谷中跑出来。羲和急忙驾车追赶，可是太阳儿子根本不理睬妈妈的忠告，羲和只能眼睁睁地看着孩子们在天空中胡作非为。

鲧盗息壤

凡间总有人会做出一些坏事，这让天帝非常恼怒。天帝说："我必须惩戒和警告无知的人类了，不让他们再去为非作歹！"于是，他降下了浩大的洪水。

这场洪水泛滥了二十二年，原本肥沃的人们赖以生存的土地早已变成了一片汪洋。人们没有了安定的住所，为了躲避洪水，有些人爬到了树上，像小鸟一样生活；有些人则住在荒凉的山顶，不但要抵御严寒酷暑，还要防御越来越多的猛兽。即便这样，还是因为没有足够的食物，饿死了许多人。

当时，人间的首领尧看到大家受苦、死去，非常心痛，于是召集大家商议说："洪水泛滥了这么多年，人们已经无法生活下去了，大家有什么好办法？"

人们先是一阵沉默，随后有一个人提议说："不如，我们去请天神鲧来治水吧！"

鲧是天帝的孙子，也是天宫中一位赫赫有名的天神。他一直心系人间，在得知人间的百姓一直在受苦时，他就多次恳求祖父，希望他能体恤众生，收回洪水。天帝不但不听，还认为鲧在蔑视他的权力，将鲧狠狠地训斥了一番。

鲧在无奈之下，只好决定自己想办法来治理洪水。可是，当他面对浩瀚的洪水时，实在没什么好主意。他每天都紧锁着眉头，一副忧心忡忡的样子。他的愁虑被很多人看在眼里，这一天，一只猫头鹰和一只乌龟来见鲧，它们给鲧带来了一个解决问题的办法。

只听它们对鲧说："尊敬的天神，我们听说天宫里有一种叫作'息壤'的宝贝。这种宝贝的神奇之处在于，你只需将一点点息壤撒到大地上，它就会不停地生长，并且越积越多。如果用它来堵塞洪水，肯定能行！"

鲧听到这个消息高兴极了，急忙感激地说："谢谢你们两个，我正愁没有办法解救人间的洪水呢。现在终于有办法了。这真是太好了。"

可是乌龟却面露难色，有些担忧地说："息壤的确可以救人间，但它也是天帝的宝物。如果被天帝知道你偷了息壤，你一定会受到惩罚的。那时的你该怎么办？"

鲧没有回答乌龟的问题，他已经用坚定的神情表明了自己的决心。

天宫戒备森严，尽管息壤藏得很隐秘，还是被有勇有谋的鲧偷了出来。息壤果然很神奇，只需撒到地上一点点，就可以不停地生长，积成大坝，筑成大堤，大地终于变回原来的样子，人们纷纷从山顶和树上走下来，盖起房屋安居乐业，野兽也退回了森林。

还没等洪水完全退尽，天帝便得知了鲧盗走息壤的事情。他大发雷霆，立即命令火神祝融杀死鲧，夺回剩下的息壤，洪水又迅速地泛滥起来。

鲧怀着深深的遗憾和顽强的斗志死去，死后精魂不散，遗体过了三年还栩栩如生，还在腹中孕育了一个新生命——他的儿子禹。三年的时间，鲧将自己全部的心血和神力赋予腹中的禹，准备让他继续为人们治理洪水。

天帝担心鲧变成强大的怪物跟他作对，派天神拿着宝刀，剖开了鲧的肚子。没想到，禹从鲧的肚子里跳出来，化作一条大龙直飞天宫，鲧也化作黄龙，飞进了深渊。后来禹继承了父亲的遗愿，带领大家治好了大水。

后羿射日

在很久很久以前，这个世间曾有十个太阳。这十个太阳是东方天帝帝俊和日母羲和的孩子。羲和妈妈常把她的十个宝贝孩子带到世界最东边的东海去洗澡。十个乖宝宝在洗完澡后，便像小鸟那样栖息在一棵大树上。因为在太阳的中心本来就有一只可爱的小鸟。其中的九个太阳会栖息在长得较矮的树枝上，而另一个太阳则在树梢上值班。值班的太阳宝宝每隔一天晚上就会换一个。

当晨光出现，就预示着白天的来临，那个值班的太阳就会坐着两轮车，开始穿越天空。十个太阳宝宝就这样十分有规律地每天一换，轮流给大地万物送去光明和热量。

生活在那段时期的人们也无比幸福，他们和动物像邻居一样，每天过着十分规律又非常舒适的日子。人类和动物是好朋友，所以动物们会把自己的后代放在窝里，不必担心人类会伤害它们。农民们也会把谷物敞开堆在田野里，自然也不必担心动物们会把它们偷走。人们按时作息，日出而耕，日落而息，生活美满。人和动物彼此以诚相待，互相帮助，互相体谅与尊重。那时候，无论是人还是动物都很感激太阳给他们带来的光明和快乐。

可是，这一天，天上的十个太阳宝宝想到，如果他们可以一

起周游天空，那肯定很有趣。于是，当黎明来临时，旸谷里的十个太阳不听妈妈羲和的话，一起跑到天空中玩耍，使地面的温度升高了几十倍，带给人间巨大的灾难：河水沸腾了，土地烤裂了，森林起火了……原本祥和安然的大地变成了炼狱。

天帝帝俊是十个太阳的父亲，他见儿子们闹得太不像话，就召来神箭手后羿，赐给他一张红色的弓和十支白色的箭，说："你去替我教训一下我那十个不懂事的儿子。"

后羿领到旨意后，带着美丽的妻子嫦娥飞临凡世。只见人间土焦草烂，满目荒凉，人们奄奄一息，后羿心里十分难过。他决定要将十个太阳射下来为民除害。

后羿站在海边的一块巨石上，拉开弓箭，瞄准天上的太阳。可是，太阳投射的光线太强了，后羿抬头时根本睁不开眼睛。但是聪明的后羿想到了一个绝佳的办法，他低下头，依据海里太阳的倒影来测定他们的方位。只听"嗖"的一声，一道白光直冲云霄，紧跟着传来一声巨响，一个巨大的火球伴着火花咕噜噜落入大海。

接着，后羿又射下来八个太阳，人们赶紧劝阻说："千万不要

再射了，如果一个太阳都没有，整个世界会变得黑暗一片，自然万物都无法生长，人类也无法活下去。”

后羿对剩下的那个太阳说：“只要你以后不再为非作歹，我就饶了你！”太阳吓得连连点头。于是，天空恢复了原来的样子，空气也变得凉爽了，人们又开始了安居乐业的生活。

嫦娥奔月

后羿因为心疼百姓，射死了天帝的九个太阳儿子。这一举动惹恼了天帝，天帝将他贬下人间，永远不许他回天庭。

后羿在天庭有一位美丽的妻子，名叫嫦娥。嫦娥本来在神界过着无忧无虑的生活，如今因为受到丈夫的牵连也要在人间生活，并且还要经历人类的生老病死。嫦娥向来高傲，如今被贬为凡人怎么可能甘心？所以她从未安分地想着如何才能在人间生活得更幸福，而是到处询问回到天庭的办法。

这一天，嫦娥得到了一个天大的好消息：在昆仑山住着一位西王母，人们尊称她王母娘娘。西王母是天宫所有女仙及天地间一切阴气的首领。如果能得到西王母的长生不老药，那么嫦娥就不用遭受人间的生老病死了。于是，她天天催促后羿到昆仑山西王母那里，去讨长生不老药。

其实对于嫦娥也被贬下凡间这件事，后羿一直心怀愧疚。他深爱着自己的妻子，想把一切美好的都给予自己的妻子，他怎么会眼看着嫦娥遭受病痛和衰老的折磨呢？于是，他带着对妻子的愧疚和爱，义无反顾地踏上了去昆仑山的路。

一路上，后羿凭着自己坚强的毅力越过重重障碍，经过长途跋涉终于走到了昆仑山顶。西王母在得知后羿的故事后，非常同情他们夫妻二人的遭遇。于是，她命人取来一个葫芦，并且递给后羿，对他说："在这个葫芦里装着长生不老药。这些药足够你们夫妻长生不老了。如果一个人全部服下，都足以重新升天成仙了。不过，你一定要记住，必须在月圆之夜服下才会有效。"

后羿拿着药又是一路颠簸地回家去了，但这一路上他的心情是喜悦的，所以也并不觉得路途遥远了。后羿高高兴兴地回到家，急忙把西王母的嘱咐全都告诉了嫦娥，还对嫦娥说："你现在把药收好，等到八月十五月圆之夜，我们两个人一起服用。这样，我们就可以一生一世地相守在一起了。"

嫦娥笑着点点头，但她心里却另有一番打算，她想："我本来是天宫的女神，受了丈夫的连累才变成凡人。如果我将长生不老药全服下去，就可以变回神仙重回天宫，那该有多好啊！"自私的嫦娥忘记了后羿对她的深情厚爱。

终于等到了八月十五那天。这天一早，后羿像往常一样出去打猎，嫦娥推说自己身体不舒服，就在家等他回来。天色越来越晚，直到天上升起了又圆又亮的月亮，但是后羿还和往常一样，打猎到很晚，一直没有回来。独自在家的嫦娥看见了圆月后，按照西王母所说，将葫芦里的神药全服了下去。很快，嫦娥觉得身体轻飘飘的，慢慢升离地面，越升越高，转眼间穿过云层，飞到了天宫。她担心天神们责怪她自私，便向清冷的月宫飞去。没过多久，嫦娥就后悔了，却只能每天想着后羿和自己的恩爱，生活在凄凉的月宫里。

五神山变三神山

共工怒撞不周山以后，渤海东面形成一个极大极深的沟壑，叫作归墟。天底下大川小河里的水都奔腾不息地流进归墟，却一点都没有溢出来，可见它的容量有多大。

归墟里漂浮着岱舆、员峤、方壶、瀛洲、蓬莱五座神山，每座神山高三万里，周长三万里，山顶平坦的地方，都是神仙居住的地方。神山上到处生长着神奇的树木，有的结满璀璨的宝石，有的结满珍珠，有的结满仙果，吃了可以长生不老。山顶的宫殿用亮闪闪的黄金建造，连栏杆都是用白玉雕成的，十分富丽堂皇。

穿着轻柔羽衣的神仙们住在宫殿里，每天吃仙果，饮甘露，自由自在地飞来飞去，到附近拜访亲朋好友，过着逍遥快乐的生活。不过，他们也有一件烦恼事儿，正向天帝寻求解决的办法。"天帝，五座神山像船一样在归墟里漂浮不定，遇到大风大浪的时候，常常被吹得难以找寻，我们走亲访友实在是太不方便了！"

天帝想了想，说："这件事确实应该解决。这样吧，我下令给北海的海神禺强，让他想办法。"接到天帝的命令，禺强派了十五只力大无比的神龟来到归墟，分为五组，每组三只，轮流驮着五座神山。平时由一只神龟负责驮山，其余两只在旁边静静地守候，每六万年替换一次。从那以后，五座神山稳稳当当地停在归

墟中，像生了根一样，再也不会随意漂移了。就这样过了很多年。

在昆仑山北部几万里的地方有个巨人国，传说那里的人都是龙的子孙，个个长得像冲天大树，所以又叫龙伯国。

有一天，龙伯国里的一个巨人闲着没事做，便带着鱼竿到归墟来钓鱼。浩瀚的渤海只没到他的小腿，没走几步，就把五座神山游遍了。突然，他见到有只巨大的神龟趴在水底一动不动，不由得喜出望外，赶紧甩出手中的钓竿钓神龟。

常年驮着神山的神龟实在太饿了，顾不上想什么就张开大嘴一口吞下钓饵，巨人急忙收竿，将钓上来的神龟扔到背篓里。就这样，巨人连连甩竿，将岱舆和员峤两座神山下的六只神龟全钓上来，然后兴高采烈地背上背篓回家了。

两座神山失去了支撑，在归墟里漂啊漂啊，一直漂到很远很远的北极，沉没在大海里。住在山上的神仙们只好匆匆搬到别处去住。天帝知道这件事后大发雷霆，运起神力将龙伯国的土地削小，还将龙伯国人的身体缩小很多，以免他们再出去惹祸。从那以后，五座神山只剩下方壶、瀛洲、蓬莱三座神山，在九只神龟的看护下，稳稳地立在归墟中。

钻木取火

在很久很久以前，人们不知道有火，更不知道如何使用火。人们只吃生的食物，无论食物是植物，还是动物。因为食物没有经过加工，所以有很多细菌，人吃了这样的食物虽然也会有饱腹感，但很容易生病，因此那时人类的寿命也都很短。另外，每当到了深夜，四周就会一片漆黑，没有任何东西可以用来照明。视力很好，并且习惯在夜晚出行的野兽就会围绕着人类居住的地方不断地嚎叫，声音不绝于耳，人们只能哆哆嗦嗦地靠在一起，又冷又怕。

有个天神看到人间的生活这样艰难，很想帮助人们，他想让人们了解到火的用途。在一个平常的日子，他施展了魔法——突然之间，山林里降下一场很大的雷雨，随着“轰隆隆”“咔嚓”的声音，雷电劈在干枯的树枝上，燃起熊熊大火。

人们被雷雨和大火吓得四处奔逃。终于在黑夜降临的时间，雷雨停了下来，但是雨后的大地变得更加潮湿阴冷。人们重新聚在一起，惊恐地盯着燃烧的树木，这个发光发热的东西究竟是什么？

这时，一个聪明的年轻人发现，平时围着他们嚎叫的野兽们不见了，难道是怕这个发亮的东西吗？他小心翼翼地接近火堆，感到身上被烤得暖洋洋的，他兴奋地喊道：“大家快来呀！这个东西一点都不可怕，还给我们带来了光明和温暖！”

突然，又有人喊道：“这个东西还能杀死野兽，你们快尝尝被它杀死的野兽，真的很好吃啊！”就这样，人们知道了火的用途，他们捡来树枝，点燃火，将火种保留在山洞里，每天派人轮流看守，添加树枝，不让它熄灭。

有一天，守候火种的人睡着了，没有添加树枝，火种熄灭了，人们又陷入寒冷和黑暗之中。天神只好托梦给那个聪明的年轻人，告诉他说：“那个带给你们光明和温暖的东西叫作‘火’。遥远的西方有个燧明国，你可以去那里取来火种。”

年轻人醒了以后，想起梦里天神说的话，立即动身去燧明国寻找火种。他翻过无数座高山，蹚过无数条大

河，越过无数座森林，终于到达燧明国。可是，燧明国是个连太阳和月亮都照射不到的地方，四周一片黑暗，连火种的影子都见不到。

年轻人失望极了，坐在一棵叫“燧木”的大树下休息。突然，几只大鸟飞到燧木树上，用短而硬的嘴啄树上的虫子：啄一下，闪一下亮光；啄一下，闪一下亮光。年轻人恍然大悟，立刻折下几根燧木的树枝，用小树枝去钻大树枝。他不停地钻啊钻啊，终于，树枝冒烟，燃起了火花！

回到家乡后，年轻人教给大家钻木取火的办法。从那以后，人们再也不用生活在寒冷和恐惧中了，大家推举这位勇敢聪明的年轻人做了首领，称他为“燧人氏”，就是“取火者”的意思。

巨人刑天

传说在远古时期，炎帝和黄帝为了争夺中央天帝的宝座，展开了激烈的战争。最后，黄帝凭借强大的武力战胜了炎帝，炎帝不愿再为争夺天下使百姓遭难，便退到南方。

炎帝有一个力大无穷的手下，名叫刑天。他性格刚烈，武艺超群，对炎帝忠心耿耿，曾多次请求说："请允许我带兵去攻打黄帝，把失去的天下夺回来！"炎帝总是摇摇头，不想再动干戈。

刑天决定一个人向黄帝挑战，他左手拿盾，右手拿斧，威风凛凛地杀向中央天帝的宫门，把黄帝的手下打得人仰马翻。黄帝

拎着宝剑出来迎敌，与刑天从天上打到凡间，厮杀得难解难分。打到最西边的常羊山时，黄帝看准机会，一剑砍下刑天的头颅，硕大的头颅骨碌碌滚落到了山谷里。

刑天立即蹲下身子，两手四处乱摸，想把头找回来。黄帝赶紧挥起宝剑，“轰”的一声劈开常羊山，把刑天的头埋在山里面，然后山又合在一起。

刑天气急了，愤怒地喊道：“你以为我没了头，就不能跟你交战了吗？”他站起身，把胸前的两个乳头当作眼睛，肚脐当嘴巴，依然左手拿盾，右手拿斧，朝着天空一顿猛砍。黄帝得意极了，悄悄回到了天宫，只剩下刑天在那里一直挥舞着大斧。后来，便传下了“刑天舞干戚”的故事。

神农尝百草

居住在西方昆仑山的西王母不仅掌管着珍贵的长生不老药，而且管理着各种毒虫疫兽。有一天，由于手下失职，导致一大堆毒虫和疫兽都逃出了昆仑山。于是疾病和瘟疫开始在人间蔓延，天下百姓被病痛折磨得苦不堪言。

天帝在得知了这个消息之后，赶紧派遣炎帝神农氏去人间为百姓解除疾苦。神农是个非常善良的天神，他长着牛头人身，全身都是透明的。

当神农氏奉命来到人间后，发现无论是要防止瘟疫蔓延，还是将已经患病的百姓治好，都需要很多草药。但是草药十分难寻，因为草药通常会与杂草长在一起，没有人知道哪些是可以治病的草药，哪些是会害人的毒草。即便找到了草药，也不知道哪些草药可以治疗哪种疾病。

这可是一个很棘手的问题，神农苦思冥想了好久，最后决心亲自尝遍百草，再确定每种草的药性。于是，他走遍高山、峡谷，亲自采摘花草，放到嘴里尝，然后详细记载下来：哪些是苦的，哪些甜，哪些热，哪些凉，哪些能充饥，哪些能医病，都记得清清楚楚。他凭借自己对草药药性的了解，将不同的草药给不同症状的患者服用。

他把带有苦味的草给咳嗽不止的人吃，咳嗽立刻减轻不少；他把带有酸味的草给肚子有病的人吃，肚子疼痛感也缓解很多……就这样，神农给许多百姓治病，并且都治疗好了，为此大家都非常尊敬他。

可是，尝草药的方法并不安全。这一天，神农就在品尝一棵药草的时候，刚嚼了几下，就突然觉得头晕目眩，一头栽倒在地。神农清楚地知道自己已经中了毒，但他说不出话，只能憋住一口气，指着面前的红灵芝。大家赶紧扶起他，把灵芝嚼碎喂到他的嘴里，幸好帮他解了毒。大家为此都很担心，于是劝他说："您一个人在山上太危险了，如果不是碰巧今天我们在这儿，都没有人帮您解毒。还是下山回去吧。"

神农摇摇头说："不能回！还有很多生病没治好的百姓，还需要很多种草药，怎么能回去！"就这样，神农冒着生命危险，为百姓寻找草药。他曾经在一天内中毒十三次，好在他的身体是透明的，可以看清五脏六腑，看清中毒的部位，及时找到解救的方法。

有一次，神农发现一种长在石缝中的藤状植物，开着可爱的小黄花，花萼还一张一合地动，觉得很神奇，便摘下花和茎吃到肚子里，等待身体的反应。没想到，这种植物含有剧毒，过了一会儿，神农的肚子开始钻心地痛，眼看着自己的肠子被毒得一节节断开，来不及解毒就被毒死了。后来，人们给这种植物起名叫"断肠草"。

神农虽然死了，但他留下了《神农本草》，书中内容是他记载的三百六十五种草药的性能和用途。《神农本草》成为非常珍贵的药学资料。

后稷教稼

很久以前，中原有一个美丽的姑娘叫姜原（一作嫄）。有一天，她跟同伴到离家很远的森林里采蘑菇。森林里的景色特别美，姜原这边看看，那边看看，心情舒畅极了。

忽然，一只漂亮的大花蝴蝶从姜原面前飞过，吸引了她的目光。她丢下手中的篮子，朝蝴蝶追去。那只蝴蝶好像在故意引路似的，飞飞停停，引得姜原不知不觉跟着它跑出很远，最终来到一片花丛中。不知是花色迷了眼，还是蝴蝶会隐身，总之一眨眼的工夫，蝴蝶就不见了。

姜原在花丛中找了半天，始终没能发现那只蝴蝶。沮丧的姜原只得无奈地往回走，可就在道路前方居然发现了一串很大的脚印。

“咦，这是谁的脚印这么大呀？”姜原惊奇地自言自语，还用自己的脚踩到大脚印上比较一下。没想到，她的脚刚刚触碰到那只巨大的脚印，就觉得身体一阵发热，有种说不出的感觉，肚子里似乎多了些什么。

回到家以后，姜原一直觉得身体不大对劲，肚子也渐渐鼓起来，一年后竟然生了一个大胖儿子！人们认为这个孩子肯定是个怪物，就从姜原怀里夺过来，抛弃在狭窄的小巷里，想让路过的牛羊踩死他。可是很奇怪，路过的牛羊不但没有踩孩子，还喂他奶吃。

人们又抱起孩子，把他丢弃到荒野外的寒冰上，心想这样一来不被冻死也会被饿死。可是，又发生了令人惊奇的事情：天上突然飞来一群长着金黄色羽毛、体型硕大的鸟，有的用翅膀托起孩子，有的用翅膀轻轻盖在孩子身上。一位老人惊呼："这个孩子一定是天神下凡！"于是，人们把孩子抱回去，还给了姜原，因为他一再被大家抛弃，就取名为"弃"。

当时，人们每吃完一个地方的野食，就要迁移到另一个地方，有时候还要走很多路，根本不能在一个地方安居。弃长大以后，看到人们过着迁徙的生活，心里很不是滋味，他想："要是摘完的果子和野菜还能再长出来多好啊，就可以在一个地方安家啦！"

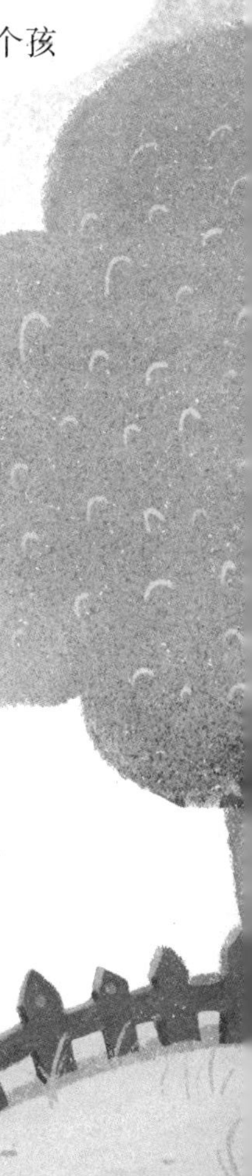

聪明的弃发现一些掉在地上的野果，不久会发出小小的嫩芽，于是收集一些颗粒饱满的种子撒在土里，又从附近的小河运水来浇灌，很快长出一片绿油油的小苗苗。弃高兴极了，精心照料着那些小苗，仔细地观察它们的生长状况和土质的不同，总结了很多经验。

秋天到了，弃种植的土地上长出金黄的麦穗。人们震惊了，认为弃是天上的神仙，又因为他善于种植多种粮食作物，尊

他为“百谷之神”。后来，人们出于敬仰和爱戴，便尊称弃为“稷王”“后稷”。

人们争先恐后地向他请教怎样种地。从那以后，人们都学着种起庄稼和蔬菜，懂得了粮食的春播、夏管、秋收、冬藏，获得了农事活动的经验，从此开创了农耕伟业。人们再也不用经常搬家了。人们都说后稷是中华民族几千年帝业的根主，因此也有了“江山社稷”的说法。

夸父追日

在北方一座大山上，住着一位耳朵上挂着黄蛇、手中拿着黄蛇的巨人，名叫夸父。他不仅身材高大，而且有两条行走如飞的飞毛腿，跑起来没人能追得上。

有一天，夸父在晒谷场上翻晒谷物，干得非常起劲，没留意时间已经过了很久，太阳正朝西边慢慢下沉。他抬起头向太阳喊道："喂，你没看到我的谷物还没晒干吗？停下来！快停下来！"可太阳才不理睬他呢，自顾自地向西边滚去。

夸父非常生气，提起手杖、迈开大步向太阳奔去，一边追，一边喊："快停下来！快停下来！"夸父跑得快极了，眼看就要追上太阳了，他兴奋地举起一只手，想抓住眼前的大火球。

可是，离太阳越近，夸父越觉得酷热难耐，太阳发出的热量炙烤着他，使他的汗像雨一样不停地往下落，脚步也慢下来。夸父觉得非常口渴，赶紧跑到渭河边，一口气喝光了渭河的水。又跑到黄河边，不顾河水浑浊，喝了个精光。然后，夸父又向北方跑去，想去喝大泽的水。可去大泽的路途太遥远了，还没跑到地方，夸父就在中途渴死了。

夸父倒下以后，变成了一座巍峨的大山，他的手杖变成山北边茂密的桃林。夸父相信，一定还会有人像他这样追赶太阳，这片桃林就是给他们解渴用的。

八仙过海

有一天，八仙决定到蓬莱仙岛去散散心。他们腾云驾雾，转眼间就到了目的地。只见仙岛风景秀丽，晴天碧海相映，看得他们心旷神怡。突然，铁拐李发现远处海天相接的地方有个海岛，好像没人去过，就提议去那里游玩。吕洞宾说："我们都不许腾云驾雾，各显神通从水上过去，正好展现一下大家的本事。"

张果老有一头不吃草不喝水的驴，每天倒骑着它赶路，只要轻轻拍一下驴头，驴立即变成一张纸，吹口仙气立刻又变成活驴，特别神奇。他把纸驴向海上一扔，吹口仙气，倒骑着它向海岛漂去。

铁拐李的宝贝是根铁拐，据说是一根竹子喷上仙水变成的。他把铁拐扔到海里变成小船，坐在船中，优哉游哉地向海岛漂去。汉钟离掏出芭蕉扇向海上一抛，扇子立刻变得像竹筏一样大，他躺在上面漂向海岛，惬意极了。

韩湘子的宝贝是一只花篮，放在海里四平八稳，站在上面比大船还舒服。其他几位大仙也不甘落后，纷纷取出宝贝。曹国舅抛出檀香云阳板，美丽的何仙姑放下莲花，吕洞宾取出箫管，蓝采和拿出玉板，他们站在自己的宝贝上，兴冲冲地向海岛漂去。

八仙的那些宝贝发出耀眼的神光，将水底的龙宫照射得金碧辉煌。龙王的三太子相中了蓝采和的玉板，越看越想要。于是，他命令虾兵蟹将，趁着蓝采和漂在后面的时候，暗中将他抓到龙宫。

大家到了海岛后，发现蓝采和不见了，到处也没找到，便想到一定是被东海龙王扣下了，就去找龙王要人。龙王正兴致勃勃地与三太子欣赏蓝采和的宝贝，根本没把他们放在眼里。三太子蛮不讲理地说："人不见了就来龙宫要人，这龙宫是你们这等小仙来的地方吗？还不快点滚出去！"他一边骂，一边命令虾兵蟹将把他们赶出去。

吕洞宾大怒，拔出双剑呵斥道："我们好端端从海面上经过，不见了人，当然就是你们龙宫捣的鬼！"三太子恼羞成怒，冲上去与吕洞宾大战起来。可是，他根本不是吕洞宾的对手，几个回合就败下阵来。

何仙姑把笊篱抛向空中罩住三太子，问龙王："你们到底放不放蓝采和？"龙王哼了一声，说："你们扰乱我海域，还来龙宫撒野，我要向玉帝告状，凭什么放人？"吕洞宾一气之下，挥剑刺死了三太子，大家合力把那些虾兵蟹将杀得片甲不留，救出蓝采和，赶走了龙王，胜利地离开了东海。

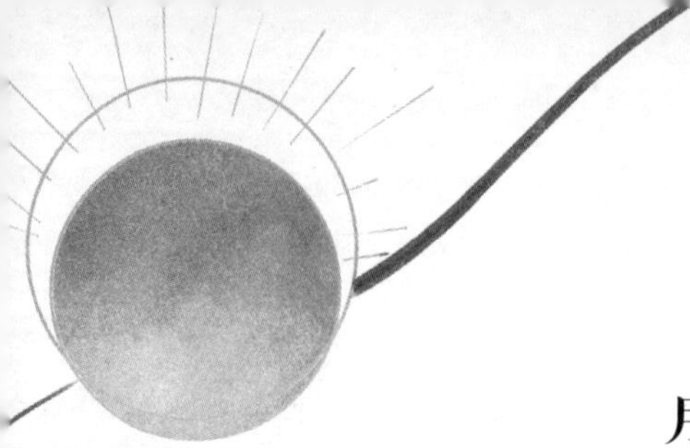

月下老人

很久以前，杭州有一位名叫韦固的书生。有一天，他很晚才回家，在路上遇到一位白胡子、白眉毛的老人，坐在月光下翻着书册，旁边还放着一个装满红绳子的布袋。

韦固很好奇，这是谁家的老人，这么晚还在外面看书？他恭恭敬敬地走上前去，给老人施礼，问：“老人家，您看的是什么书，为何还不回家歇息呢？”老人笑呵呵地回答：“我看的是天下人的婚姻书。”

“哦？”韦固觉得很稀奇，笑着问：“那您说说我何时能结婚，妻子是谁？”老人哈哈大笑，回答说：“你的妻子今年才三岁，就是你家屋后陈婆婆的外孙女，等她十七岁时就会嫁给你。”

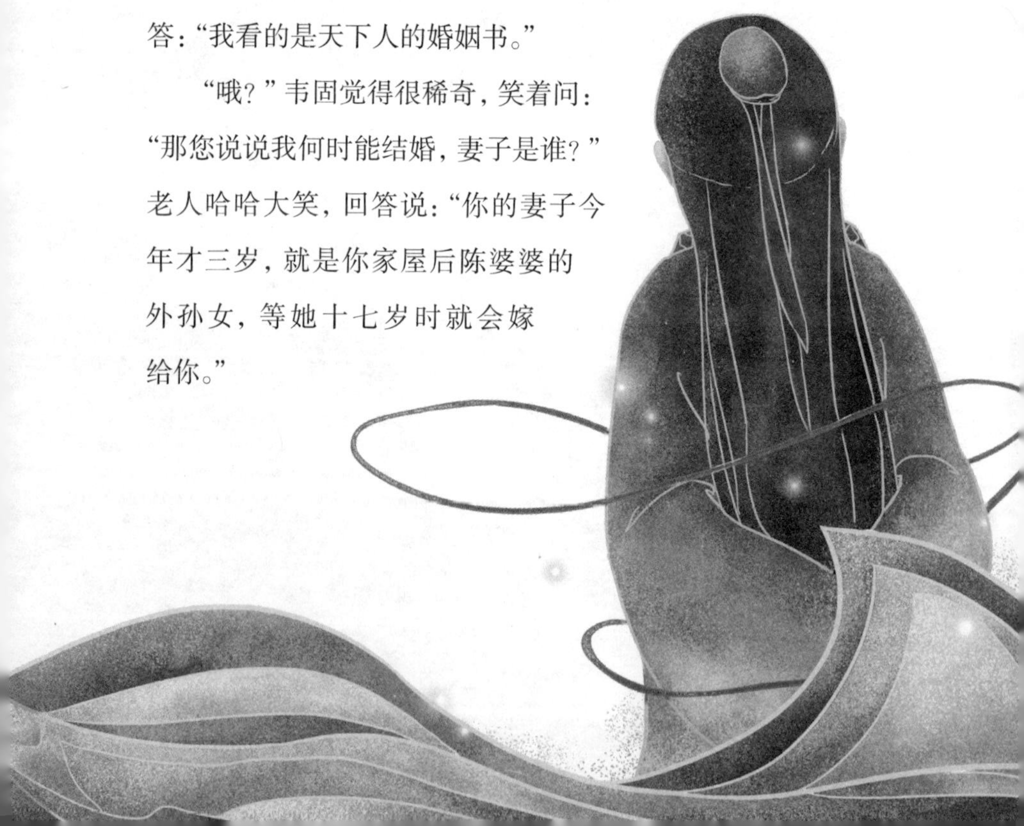

韦固一听觉得很荒诞，那位卖豆腐的陈婆婆刚搬来不久，带着一个又脏又丑的外孙女，眉心倒是有一粒漂亮的梅花痣。韦固又问：“您布袋里的红绳有何用途？”老人回答说：“红绳是用来拴住夫妻的。如果两个人有缘分，即使分隔天涯海角，也会被红绳牵着走到一起，结为夫妻。”

韦固只当自己听了一个笑话，可每次路过陈婆婆家，都忍不住偷瞧那女孩儿一眼，越看越觉得丑，索性搬到远处去住。

十年后，韦固参了军，因为作战勇猛，很受刺史王泰的赏识，就招他做了女婿。洞房花烛夜，韦固掀开新娘的红盖头，才知道他的妻子十七岁，正是当年那位陈婆婆的外孙女。后来，人们就把媒人称为“月老”。

精卫填海

传说炎帝有个活泼美丽的小女儿，名叫女娃。有一天，女娃听说东海有蓬莱、方壶、瀛洲三座仙山，山上姹紫嫣红，仙乐悠扬，美不胜收，便决定亲自到仙山上看看。

浩瀚的东海是当时最大的海洋，女娃到达那里的时候，正赶上怒涛汹涌，狂风骇浪，拍在岸上发出令人胆战心惊的响声。女娃从小就无拘无束，敢想敢做，根本没把千尺巨浪放在眼里。为了早点看到仙山，她毅然跳进东海，奋力向海中央游去。

但是，狂暴的大海掀起冲天的波浪，无情地吞没了她弱小的

身躯，她怎么也想不到，她喜爱的大海会这么残酷无情！女娃不甘心就这样死去，她的精魄一直不灭，怀着哀怨和愤恨化作一只精卫鸟，冲出海底，飞到了西方的发鸠山上。

这只精卫鸟长着白色的嘴，红色的脚，头上还有美丽的花纹，鸣叫的声音好像在呼唤自己的名字，令人听得十分心伤。它痛恨吞掉自己无辜性命的大海，发誓一定要把大海填平！于是，它不分昼夜地从发鸠山衔来一粒粒小石子，或一根根小树枝，一次次投进无边无际的东海。

东海咆哮道："你这只

愚蠢的鸟快停下来吧，你永远也不能把我填平！”精卫鸟坚定地说：“即使我填不平你，我的子子孙孙也会永远填下去！”就这样，一代又一代的精卫鸟继承了女娃的遗愿，在大海和大山之间不辞劳苦地飞来飞去，将衔来的石子和树枝投入大海。从此，便有了“精卫填海”的故事。

宝莲灯

华山的莲山峰上有一座圣庙，庙里供奉着三圣母娘娘。她有一盏神灯叫宝莲灯，常常用来指引在山林里迷路的人。

有位进京赶考的书生叫刘彦昌，经过华山圣庙时，刚一进殿就被三圣母的美丽雕像迷住了。他立刻提起笔，匆匆几下就在墙上写下了一首情意绵绵的短诗。当三圣母晚上回到庙里，看到了墙上的情诗，便默默地爱上了此刻正睡在地上的那个年轻人。

次日一早，刘彦昌继续赶路，可是没走出多远，就在一片浓雾中迷了路。更糟糕的是，就在他不知东南西北的时候，竟然跳出一只凶猛的大老虎！刘彦昌本是一个文弱书生，哪里见过这样凶狠的猛兽，吓得浑身瘫软在地上。幸亏在这个时候，三圣母提着宝莲灯及时赶到，才把他从虎口中救了出来。

然而这桩意外却成全了两个情投意合的人，他们很快就结成了夫妻。只是，眼看考试的日子一天天临近，刘彦昌不能再拖了，他得进京赶考了。此时，三圣母已经有了身孕，于是刘彦昌在临行前把一枚祖传的沉香留给了妻子，并且对妻子说："咱们的孩子就起名叫沉香吧。"

待刘彦昌走后，三圣母的哥哥知道了自己的妹妹竟然在人间与一个凡人偷偷结婚，立刻怒气冲天。原来，三圣母的哥哥是天界的二郎神，他的第三只眼可以看见一切他想看到的东西。所以他很轻松就找到了三圣母，并问罪于她。

两个人话不投机，谁都不肯让步，竟然动起手来。三圣母哪里打得过二郎神？赶紧让侍女带着刚出生的儿子沉香偷偷跑去找刘彦昌，自己却被哥哥施展法力压在了华山脚下。

一晃十多年过去，沉香也从少不更事的孩童长成了一位英俊少年。有一天，他问起了自己的母亲，于是刘彦昌便把三圣母的事情告诉了他。从此，沉香便决定，一定要救出自己可怜的母亲。

历尽千辛万苦，沉香终于来到了华山。可是，去哪里找母亲呢？他急得放声大哭。哭声惊动了路过此地的霹雳大仙，霹雳大仙告诉他："我可以带你去找你母亲，但你要拿到那把能劈开华山的神斧。"沉香坚定地点点头。

霹雳大仙走得飞快，沉香累得气喘吁吁。一条大河挡在眼前，大仙轻松地飘了过去，沉香找不到桥也看不见船，急得"扑通"一声跳了下去！事也奇怪，河水不但没有淹没沉香，反而让沉香浑身都充满了无穷的力量。原来那条河并不是普通的河，它正是神奇的天河。

过了天河不多久，沉香的眼前又出现了一座燃烧的火山，大仙一迈步就飞了过去，沉香没有法力，只能咬着牙踏向熊熊烈火。满山的火焰顷刻间消失不见，只见一把神斧高高挂起。

"好孩子，快取了神斧去救你母亲吧。"霹雳大仙说完升上天界。沉香朝天拜了三拜，取下神斧便冲着华山最高峰用力劈下

去！“轰隆隆！”巨大的山峰骤然裂开，里面走出了悲喜交加的三圣母。沉香扑过去紧紧抱住母亲，分别了十三年的母子终于团聚了。

九色鹿

很久以前，有一队前来中国的外国使臣在沙漠里迷了路，走来走去也没有走出沙漠。他们觉得又热又渴，头昏脑涨，四肢无力。忽然，空中飞来一只美丽的九色鹿，轻飘飘地落在他们面前，转了几个圈，然后仰起头开始唱好听的调子。

一望无际的沙丘随着九色鹿的歌声慢慢展平，一条宽敞的大路出现在使臣眼前。他们在九色鹿的帮助下，顺利走出沙漠，来到京城。皇帝和皇后听他们讲述在沙漠中的奇遇，对九色鹿非常好奇。皇后心想："要是能用九色鹿的皮做衣服，那会多漂亮啊！"于是缠着皇帝张贴了告示，能猎到九色鹿者必有重赏。

有个老头揭下告示，带领几百个士兵浩浩荡荡进入森林。原来，几天前，老头去森林里采药，不小心掉进深水潭，是九色鹿救了他。他们找了整整一天，也没有发现九色鹿的影子，老头急了，“扑通”一下跳进深水潭，大声喊道：“救命啊，救命啊！”

好心的九色鹿听到呼救声飞奔而来，士兵们赶紧拉开弓，朝它射去。令人惊奇的是，九色鹿被一圈奇异的光芒笼罩着，射出的箭只飞到一半就纷纷落地。九色鹿难过地问老头儿：“你答应了不会告诉任何人见过我，为什么不遵守诺言？”说完，九色鹿朝天空飞去，很快就不见了，只剩下目瞪口呆的士兵和在深水潭里挣扎的老头。

十二生肖

黄帝颁布天干地支纪年法后，觉得有些复杂，不适合在民间流传。有人提议说："不如选出十二种动物与地支相配来纪年，这样便容易多了。"黄帝认为这个主意不错，就派仓颉发布通知：正月初一那天，召集天下所有的动物，到黄帝的宫殿前候选。

动物们得到通知后非常兴奋，终于可以冠冕堂皇地跟人类打交道啦，所以争先恐后地打扮自己，准备候选。牛知道自己走得慢，在腊月三十晚上就离开家上路，第一个到达候选地。老虎以为没人敢跟自己争，肯定能排第一，没想到牛排在它前面。老虎狠狠地盯着牛，还好是在黄帝的宫殿前，它不敢把牛怎么样。

第三个到达的是兔，第四个是龙，接着是蛇、马、羊、猴、鸡、狗、猪、鼠，其余动物都排在它们的后面。候选大会上好热闹啊，所有的动物都来了：天上飞的，水里游的，地上跑的，树上栖的……黄帝看得眼花缭乱，非常高兴。

最后，黄帝公布说："大家都知道我喜欢勤劳的人，所以入选的是最先到达现场的十二种动物。牛虽然笨拙，但是身体健壮，忠厚踏实，而且来得最早，应该排在第一位。老鼠是入选名单里最后到达的一位，应该排在最后。"

老鼠一听，有些生气，脑筋一转，对黄帝说："谁说牛比我大？要是跟牛比大小，那肯定是我大！你要是不信，可以让天下的百姓来鉴定！”

黄帝呵斥它说：“你真是个不知天高地厚的老鼠！不过，既然是为天下百姓选生肖，那就由他们自己拿主意吧！如果有人说你大，我就把你排在第一位！”于是，黄帝让仓颉带着入选的十二种动物，到人间的大街上游行一圈。

牛走在街上，人们有的夸它勤劳，有的夸它有力气，就是没有说牛大的。突然，老鼠一下子蹿到牛背上，人们吓得纷纷惊叫起来：“哪里来的这么大的老鼠！”老鼠得意地笑了。

黄帝听说后，觉得又好气又好笑，说：“既然已经答应了那只小老鼠，就只好如它的愿了！”就这样，黄帝将老鼠排在十二生肖的第一位，配上十二地支就成了我们现在的属相：子鼠、丑牛、寅虎、卯兔、辰龙、巳蛇、午马、未羊、申猴、酉鸡、戌狗、亥猪。

蚕马

相传，上古时有一户人家，家里的父亲要去很远的地方出门办事，父亲担心自己走后家中的一匹公马无人喂养，就吩咐自己的独生女儿来照顾公马。过了很久，出门办事的父亲都没有回来，女儿一人在家很是孤独，每日都很想念父亲，期望父亲能够早日回家。这天喂马的时候，姑娘开玩笑地对马说："马儿，马儿，如果你能帮我把父亲找回来，我就嫁给你。"

马听到姑娘这么说，一边扬着脖颈冲着天空嘶鸣一边挣脱缰绳，像风一样跑得无影无踪了。马儿一路飞奔到姑娘父亲办事的地方。姑娘的父亲看见自家的马从遥远的家乡跑来找他，心中惊喜极了，于是翻上马背。

父亲发现马很反常，不断地望着它来时的方向，发出悲伤的嘶鸣声，那声音让人感到心碎。看到这，父亲心中不由得担心：不会是家中发生了什么不好的事情，这马儿是来报信的吧？想到这里，父亲毫不迟疑地拉紧缰绳，马不停蹄地往家里赶去。

回家之后才知道是女儿想念自己，家中一切平安，并没有发生什么不好的事情。父亲看着去找自己的马，越看越喜欢，觉得它很通人性，从这以后都是拿最好的草料喂养马儿。奇怪的是，马儿看着上好的草料没有任何胃口，可是每次看到女儿在家中进进出出，就会情绪狂躁，又踢又叫。

不明所以的父亲便向女儿询问其中的缘由。姑娘就把事情的来龙去脉以及承诺嫁给马儿的事情都告诉了父亲。听完之后，父亲明白，马儿现在的这些反应，一定是因为这个。随后父亲嘱咐女儿：“这件事千万不能让别人知道，别人知道了会笑话我们的。这几天就待在屋子里不要出去了。”父亲很喜爱这匹马儿，但是考虑到女儿以后的生活，他还是决定杀死马儿。之后，父亲带着弓箭躲在暗处，把马房里的马儿射杀了，剥下马皮，晒在大厅的台阶上。

这天，父亲出门办事不在家。姑娘带着邻家女孩们在自家大厅的台阶上做游戏。当她看见晒在台阶上的马皮时，无名之火窜上心头，一边用脚不断地踢着马皮，一

边骂道：“就你这样的畜生，还想让我嫁给你，现在皮都被剥下来了，不自量力！我倒要看看，你还要……”

没等姑娘的话说完，只见那马皮从台阶上跳了起来，飞快地将姑娘裹住，然后像一阵风一样转瞬就消失了。邻家的女孩们哪见过这样的情景，目瞪口呆地站在院中，反应过来后边哭边去找其他人。办完事回家的父亲，听说女儿被马皮裹着消失的事情之后，着急地四处寻找，但女儿踪迹全无。

过了几天，寻找姑娘的人们在一棵大树的枝叶间，发现了被马皮裹住的姑娘，此时的姑娘已经变成了蚕，这条蚕在树上吐丝做茧。蚕做的茧质量上乘，人们便把她从树上带回家饲养，之后用她换钱。发现蚕的树也被人们叫作“桑树”，“桑”与“丧”同音，意思是告诉人们曾经有年轻的生命在这棵树上消失。

从这以后，人们争先恐后地养蚕，我们现在养的蚕就是这么来的。

妈 祖

很久以前，妈祖本来是一位姓林的姑娘，家在闽南地区。闽南地区的习俗是只有男人可以出海。林姑娘家以出海捕鱼为生，她有四个兄弟，因为当地的习俗，林姑娘的四个兄弟就经常出海捕鱼。

这天，林家四兄弟出海捕鱼时遇见百年不遇的大风暴，迟迟没有回家。林姑娘在焦急地等待，突然双眼紧闭，脸色煞白，倒在床上昏迷不醒。林家父母不知所措，急忙又推又摇，想方设法唤醒林姑娘。过了好一会儿，林姑娘终于醒了过来，可是醒来之后，不论父母问她什么，她都不说话，只是哀伤而幽怨地看着父母。风暴平息后的几天，林家兄弟出海回来了，可是出海的时候是四个人，回来的时候只有三个人了。回来的三兄弟边哭边向父母诉说碰到风暴时的经历：风暴来袭，四兄弟还没反应过来，船就被风暴吹远，滔天的巨浪瞬间就将船掀翻，四人都落在了水中。在这千钧一发之际，一个姑娘踏着浪花来到他们面前，伸出援手将他们一一救起，就在那位姑娘伸手准备救老四的时候，那位姑娘突然消失了，而四弟也被翻滚的巨浪卷入海中。

听完林家兄弟的讲述，林家父母才反应过来，林姑娘那天不是生病，而是灵魂出窍，去救自己的兄弟了。这时，林家父母追

悔莫及，要是当时不叫醒女儿，老四就能活着回来了。

林姑娘一辈子没有结婚，她时常乘船穿梭在各个岛屿间。遇见遭遇危难的渔民和商人，她屡次伸出援手。当地人都称她为“神女”“龙女”“妈祖”。她的善行感动上天，上天让她升天当了神仙，专门庇佑出海人的安全。“妈祖庙”就是后世的人们专门为她修建的。

山女伏旱魔

传说远古时期，有一个凶残的旱魔住在丽江边，他想把山河大地都烤焦，就一次放出八个火太阳。这样天上就同时出现了九个太阳，一个升起一个落，大地上不再有黑夜，只有白天，太阳把所有的地方晒得直冒烟。绿油油的树木庄稼变得枯黄，肥沃的田地被晒得裂开了口子，清澈的山泉也枯竭了，大江大湖马上也要干涸见底，更不要说人和家畜了，生活在丽江之畔的纳西族人很多都渴死了，剩下的纳西族人也面临着被渴死的危险。

在当地的一个寨子中，有一位叫英古的姑娘，她聪慧勤劳，美丽健壮，上山采伐、下湖捕鱼、田间耕种、家中织麻，她做起来都得心应手。看到大家饱受旱灾的摧残，她于心不忍，就决定去东洋大海，请龙王来解除旱灾。随后，英古便捉来许多被晒得奄奄一息的水鸟，用它们的羽毛编织了一件神奇的"顶阳衫"披在肩上，向遥远的东海飞奔而去。

英古翻山越岭，跋山涉水，历尽艰难险阻，终于来到一望无际的东海。站在海边，看着滔天白浪，入海无门。怎样才能见到龙王呢？英古愁眉不展地徘徊着，不由自主地唱起了动人的歌：

"世上出旱魔啊，太阳像团火；

万物烤焦了啊，万众命难活；

东海碧玉水啊，可以救干涸；

难得见龙王啊，焦愁积心窝。”

英古一边走一边唱，那悠扬感人的歌声飘荡在海面，白浪也渐渐地平息。这时，龙王的三王子出来游玩，被英古的歌声感动，就变成一个年轻英俊的小伙子，来到她的身边。两人一见倾心，互诉衷肠，倾诉身世。之后，三王子还送给英古一枚避水宝戒，并亲自给英古戴上宝戒，两人一起开开心心回到龙宫。

三王子带着英古来到龙宫，向龙王、龙母告知了自己的心意。龙王和龙母也很喜欢英古，立刻筹备盛宴，挑选良辰吉日，为他们举行隆重的婚礼。这时，英古想到家乡的旱情和受难的人民，心急如焚，便恳求龙王先解除旱灾，然后再举行婚礼。龙王和旱魔本就是宿世旧敌，听了英古的讲述，勃然大怒，马上叫三王子携带万顷雨水，陪英古回家乡救灾。

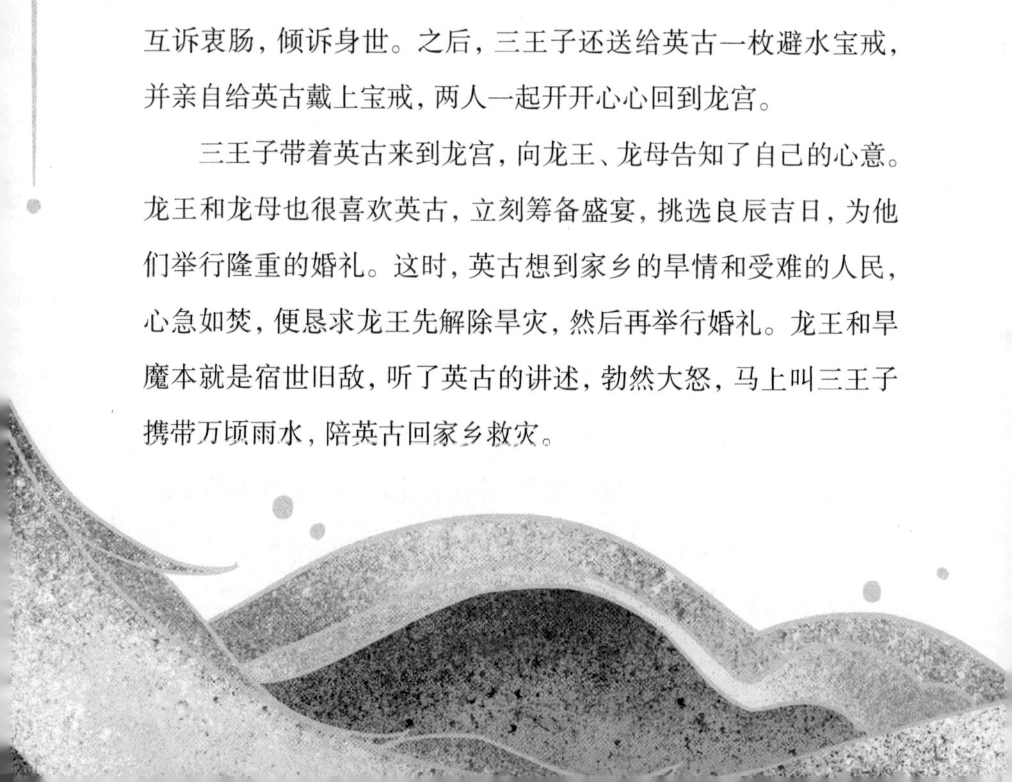

出了龙宫，三王子叮嘱英古挽着他的胳膊，闭上眼睛。英古全部按他说的照办了，不久，她就觉得自己的身体像一朵云彩似的轻轻飘了起来，耳边响起了呼呼的风声。又过了一会儿，三王子对她说："英古，你可以睁开眼睛了。"英古一睁眼，双脚就落了地，她仔细一看，已经回到了家乡。

三王子仔细环顾四周，发现土地被晒得冒了烟，不禁感叹道："这里的旱情严重到这样的程度，这个旱魔实在太过分了！"话刚说完，立刻施展法术，瞬间满天乌云翻滚，雷声轰鸣，顷刻间瓢泼大雨从天而降。

起初，人们在屋里感到丝丝凉意袭来，紧接着就听到屋外雷雨交加，吃惊不已，都从屋子里跑了出来，这才知道是英古请来了救星。

大家在大雨中兴奋地又唱又跳，老人们都激动地跪在地上虔诚地磕头，感谢救苦救难、降雨除旱的龙王。人们看见了英古，都围着她问长问短。英古指着正在天空飞舞行雨的三王子，对人们说："是龙王派三王子来帮助我们了，是他救了我们。"听到这话，人们都跪在大雨里，向天上的三王子磕头致谢。

这一情景被凶残的旱魔看到了，被气得面红耳赤的他咬牙切齿地冲上天去，与三王子打成一团。见到旱魔的三王子心想："还没去找你算账呢，你自己倒找上门来了。"随即从嘴里喷出一大股水，这股水就像一根锐利的长矛，朝着旱魔刺去。旱魔见三王子来势凶猛，自己不是他的对手，转身落荒而逃。

旱魔逃到事先设下陷阱的地方停下，他转身故意激怒三王子说："你敢过来吗，你只要敢过来，我就把你烧成一堆灰！"三王子一听，不屑地笑了一声，大喊："把我烧成灰，不如看我如何将你淹成个水鬼！"说着便冲了过去。突然，"轰隆"一声，没有防备的三王子跌落到陷阱中。看到三王子上了当，旱魔得意地狂笑不止，他封住了陷阱的洞口，并叫来一头健壮的大象和一头凶狠的狮子守在洞口。

英古看到心上人被旱魔骗进了陷阱，毫不迟疑地披上顶阳衫，奋不顾身地来和旱魔搏斗。苦战了九天，流干了汗水，用完了力气，最后精疲力竭的她倒在地上再也起不来了。

恰巧，善神远游经过这里，看到旱魔的所作所为，怒不可遏，就把雪精造成了一条矫健非凡的雪龙去制伏旱魔。这条雪精造成的雪龙，通体雪白，只见它乘风腾云，张开巨口，一口气就把旱魔放出的八个火太阳通通吃掉了，像在吃好吃的食物一样。雪龙把八个火太阳在自己口中慢慢冻住，七个被吐在了地上，一个被留在天上。从这以后，天空中多了一个"冷太阳"，这就是现在的月亮。之后，雪龙与旱魔展开了殊死搏斗。旱魔想用火焰把雪龙烤化，可是雪龙早就料到，它一个翻身就把旱魔牢牢地压在了自己身下，让他再也不能祸害百姓了。后来，这条雪龙变成了一座银冠玉帔的高山，这就是现在的玉龙山。

被困陷阱的三王子，知道自己心爱的英古姑娘大战旱魔牺牲的消息，伤心欲绝。悲痛不已的他发出一声声令人心痛的嘶鸣，随后鼓足气力，冲出陷阱，守在洞口的大象和狮子都被冲出去三十多丈远。为和自己心爱的姑娘永远相守在一起，三王子变成一股清泉，围绕英古姑娘倒下的地方流淌。这股清泉变成如今丽江坝子纵横交错的沟渠，而三王子冲出的洞口，就是现在的玉泉。

雪龙吐出的七个太阳被善神捏成七个光芒闪烁的星星，镶在英古姑娘的顶阳衫上，用来纪念英古姑娘的勤劳、智慧和勇敢。为了铭记英古姑娘的功绩，纳西族的姑娘们便仿照英古姑娘镶有七星的顶阳衫，做成精美的披肩，世代相传。

摇钱树和聚宝盆

从前在东海的一座小岛上住着三兄弟，他们中只有老大已经成家，老二、老三还是单身汉。三兄弟很早就分了家，各过各的日子。他们的日子过得很清苦，每家都在山上有一小块儿土地，种着一些粮食蔬菜。

有天傍晚，老大夫妇从地里做完农活回家，准备做晚饭时，突然听到屋里有人大喊："救命啊！救命啊！"老大夫妻俩在屋里到处寻找，没有发现任何人。这时老大侧着耳朵仔细听了听，发现声音原来是从海边拾来的半篮子海螺里发出来的。他老婆半信半疑，就把耳朵也凑过去听，发现还真是篮子里的海螺在喊救命呢！老大老婆说："你听，这海螺喊得这么可怜，咱们放了它吧。"老大听了点点头，便把那半篮海螺倒回海里去了。

其实这些海螺是十八罗汉变的。因为十八罗汉触犯了佛门清规，上天惩罚他们变成海螺流落人间，让他们承受剥壳挖肉、油烹火烤的痛苦。谁知道，刚来到这个小岛他们就被这对善良的夫妇救了，躲过这场劫难，真是天大的好运气。十八罗汉为了报恩表示感谢，决定给这对夫妻送上一份大礼。

第二天清晨，老大一打开门，就被看到的景象惊呆了：不知什么时候，门前出现了一棵又高又大的树，茂密的树杈上挂满了金灿灿的“果子”。老大走到树下，轻轻摇动树干，那“果子”哗啦啦地掉了一地。他捡起来一看，这不是普通的“果子”，居然全是金灿灿的元宝，掉在地上发出叮叮当当的声音。让人惊奇的是，那“果子”落一颗长一颗，不管有多少落到地上，树上的果子依旧是那么多。老大看着大树赞叹不已，突然听到老婆大喊：“孩子他爹，快来看哪！银元宝从咱家盆子里滚出来啦！”老大立刻跑到院子里，只看见：不知道什么时候，院子中央的圆盆子里装满银元宝，银元宝不断地从盆子里往外滚。捡起来一个，盆子里就会有银元宝滚出来，捡起一个又滚出来一个。这时，老大赶快把自己门口大树的事情也告诉了老婆，他老婆听完说：“天哪，这不正是传说中的摇钱树和聚宝盆吗？”夫妇俩看到家里突然有了这么多的金银财宝，一时不知所措。

老二和老三听说这件事后，飞快地跑到老大家。他们一看到黄澄澄的金元宝和白晃晃的银元宝，眼珠子都快瞪出来了。老二说：“大哥，咱们这回发大财了啊！”老三说：“大哥发了财，我们兄弟也可以借大哥的光，不用过这种穷日子了！”这兄弟俩兴奋极了。但是老大却不这么想，他说：“你们高兴得太早了，这些金银财宝冷冷冰冰，既不能当饭吃也不能当衣服穿，在我们这儿也花不出去，还不如踏踏实实地干活！”话一说完，老大挑起水桶就去干活了。

听到大哥这么说，兄弟俩只能无奈地先回家。回去的路上，老二说：“大哥真是死脑筋、大傻瓜，有了金银财宝不知道享受，居然还想着干活。”老三眼珠子滴溜溜地转着想了一会，凑在二哥

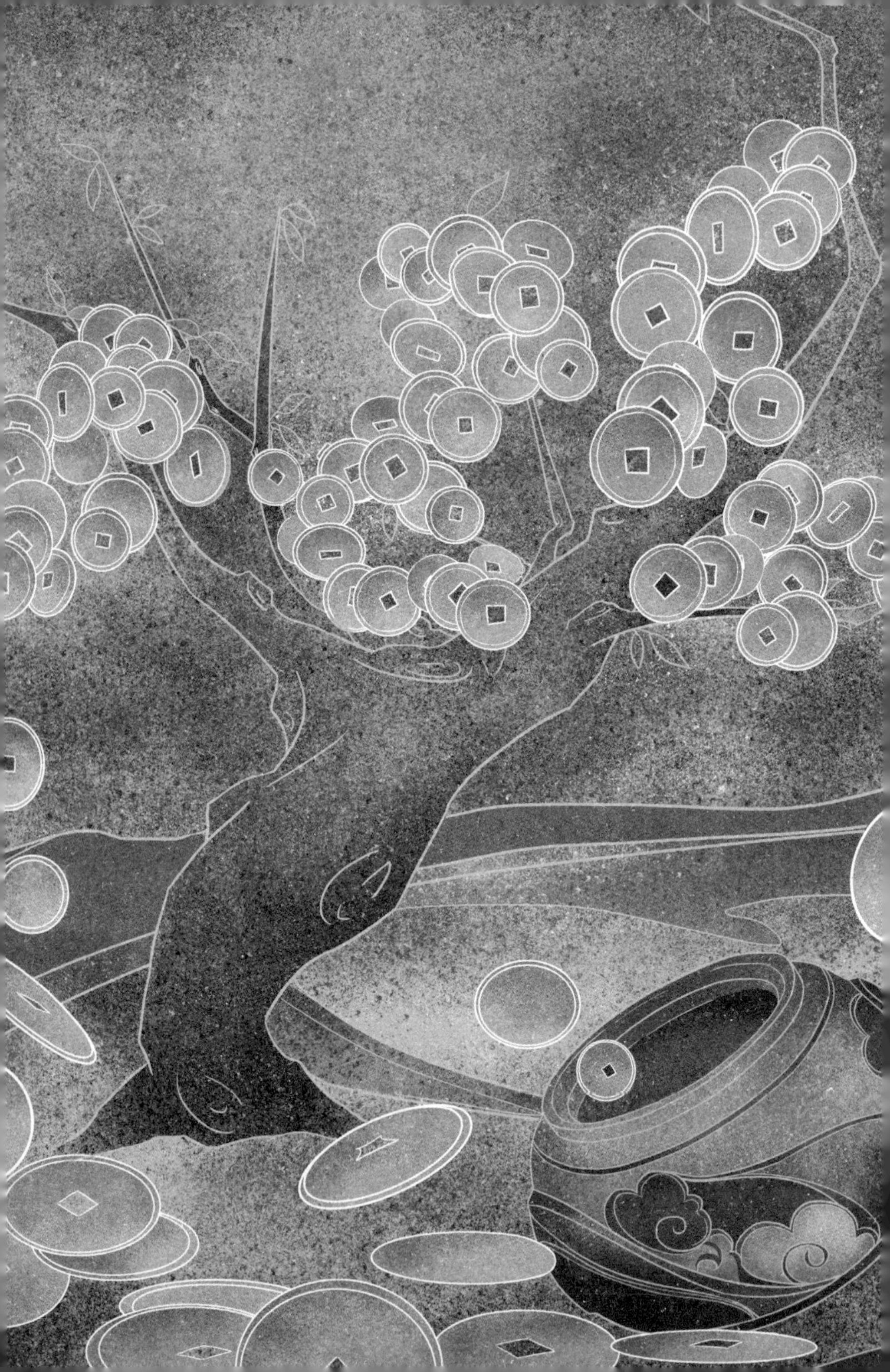

耳边说："这么好的宝贝大哥不用，那咱们就把宝贝偷走吧。"兄弟俩凑在一起商量了好一会儿。

这天半夜，老二、老三趁着老大夫妻睡着，带了工具悄悄摸黑翻进院子。起初，他们去偷那棵摇钱树。两人抱着大树又是拔又是扯，只见那树在地上扎得稳稳的，根本拔不出来。老三说："我们弄不走这棵摇钱树，就把那个聚宝盆搬走吧！""好！"老二应声附和。兄弟俩说干就干，他们在聚宝盆上系好绳子，穿上杠子，憋足了劲往上抬，聚宝盆像长在地上一样，根本抬不起来，反而是兄弟俩累得半死。老三对老二说："这两个宝贝带不走，咱们就要想想别的办法了。"老二说："既然宝贝带不走，那就捡一筐金元宝、银元宝吧，这些应该够花一辈子了。"说完，两人立即捡了满满一箩筐金元宝、银元宝，抬起来就走。他们俩踉（liàng）踉跄（qiàng）跄地把装满金银元宝的筐抬到海滩，放在提前备好的木筏上，顾不上东海风大浪高，划着木筏，连夜往县城赶。

在海上足足漂了三天三夜，他们的小船才到了县城的海岸边。他们怕金银元宝被人看见，就在偏僻的地方，趁天黑上了岸。此时的他们又饿又累，精疲力竭。老二对老三说："你看好这筐金银，我到街上去买些吃的。"一边说一边从筐里取了一个金元宝塞进怀里，又不放心地对老三叮嘱几句，才朝城里走去。

进了县城，老二直奔城里最大的酒家，这在以前可是根本不敢来的地方。在酒家里，他点了最贵最好的饭菜和酒，非常开心地吃了起来。正吃着，他突然想：要是这一筐金银都是我一人的，那就好了！酒足饭饱后，老二又买了一些酒菜带走，走进药店买了包毒药放在酒菜中，准备拿回去给老三吃。

趁着老二出去买酒菜，老三看着那筐金银也琢磨起来，他想：“二哥自私心狠，和他分金银，我肯定是要吃亏的，不如把他杀了，那这些就都归我一个人了！”想到这，老三拣起一块石头藏在怀里，静静地等着二哥回来。

没多久，老二回来了。他打着饱嗝儿，浑身酒气，虚情假意地跟老三说：“三弟啊，我去城里最好的酒家给你买的酒菜，你快尝尝，保你满意！”老三没有说话，等到老二走近，举起石头向他头上猛砸。老二当场就被砸死了，老三连忙把老二的尸首丢进大海里。做完这些，老三已经饿得快晕了，看着老二带回来的饭菜，老三心想：现在这筐金银都是我的，我先坐下吃饱再想怎么花掉它吧。没一会儿，老三把酒菜吃得一干二净，可是刚要起身就感觉肚子剧痛难忍，这时他才明白酒菜里面有毒。没多久，他就中毒死了。

第二天早上，老大自家院子里有好多的脚印，老二、老三也不见踪迹。他知道，昨天晚上一定是两个弟弟来偷摇钱树和聚宝盆了。

这件事让老大越想越伤心。这天晚上，他躺在床上怎么也睡不着，想了好久，对老婆说：“这些宝贝是祸害，咱们明天把它们砸了吧！”他老婆吃惊地说：“砸了太可惜了！”“这样的宝贝让我们兄弟不和，一点用处也没有，我们不需要这样的宝贝，倒不如实用的工具，让我们干活时轻松些。”

第二天清晨，老大出门挑水。他打开门，吃惊地发现门口的摇钱树没了，一个漂亮而结实的渔网放在地上。紧接着，屋后院又传来他老婆的叫声："快来看，院子里怎么有一条船！"老大跑过去一看，聚宝盆果然没了，院子里只有一条崭新的捕鱼船，这条船上捕鱼工具一应俱全。老大高兴极了，夫妻俩一起把船推到海里，从此便以捕鱼为生。自此，老大一家就成为东海的第一代渔民，而捕鱼在东海也成为一个行业。

二月二龙抬头

很久以前，世间的人们在解决温饱后便无所事事，战事四起，纷争不断。玉皇大帝为惩戒世人，便命令四海龙王三年内不给人间降雨。

一年后，人间一片惨状：河流枯竭，草木庄稼枯死，到处都是饥渴而死的人。烈日下，奄奄一息的幸存者跪求上天降雨，天上神仙见了，虽然可怜他们，但是没有人敢违抗玉帝的旨意。镇守天河的玉龙看到人间惨状，心中同情，便去求玉帝开恩。玉帝不但不听，反而斥责了玉龙。无计可施的玉龙只能失望地回到天河。之后，饥渴而死的百姓越来越多，幸存者们依旧跪在地上虔诚地祈求上天降雨。玉龙忍无可忍，张开大口，喝足天河里的水，对着人间洒了下去。

“下雨了，下雨了，感谢上苍，苍天有眼呀！”百姓的感谢声传入玉帝的耳中。玉帝怒不可遏，下令彻查是谁敢违抗他的命令。玉龙站了出来，争辩说：“玉帝，就算神仙也会有私心杂念，更不用说人间的凡人了。您因为少数人的恶行，就惩罚所有的凡人，这样未免不太妥当。天上的神仙也是从凡间修炼来的。如今人间的凡人都成了恶人要遭受惩罚，这样做是不对的。”听了这话，玉帝气得勃然大怒，骂道：“你不但违抗我的旨意，还强行狡辩。我要罚你去人间遭难受苦，除非金豆满地开花才能解脱。”

玉帝命太白金星把玉龙压在一座大山下。看到善良的玉龙遭受苦难，太白金星心中很是同情，他托梦给人间的长者，让他们想办法找到开花的金豆，好解救受罚的玉龙。

为此，人间的百姓纷纷四处寻找会开花的金豆。日复一日地找，一年过去了，还是没有找到。第二年二月初二，一位老婆婆背着一袋玉米去赶集，突然听到身后几个小孩在喊：“捡豆豆喽。满地都是金豆豆，捡了豆豆爆米花。”老太太回头一看，原来装玉米的口袋破了个洞，袋里的玉米撒了一路，从远处看，和金豆一模一样。老太太灵光乍现，知道找到了传说中的金豆，她马上跑到集市上告诉人们如何让金豆开花。大家相互告知，消息很快就传开了，到了中午，家家户户已经把炒好的玉米花供在田间路上、船上、房顶上。做完这些，大家一起跪在地上祈祷道：“金豆满地开花，玉龙应当解脱，请上天大发慈悲。”

这声音很快传到玉帝的耳中，他忙带众仙到天门向下望去，果然金豆满地开花。此时，太白金星在一旁劝道：“玉帝，人间已金豆满地开花，我们要践守诺言，天下老百姓才会信服我们。”玉帝沉思片刻，便派太白金星去放出玉龙。

压在玉龙身上的大山被搬走了，它仰头长啸一声，乘风腾云，张开大嘴，再次给人间降雨。人们看见玉龙抬头摆尾的雄姿，在雨中高兴得又蹦又跳。降完雨的玉龙回到地上，感谢百姓们为它做的一切。这时，玉龙头上的杂草泥土被剃头匠看见了，他感激地说：“没有你降雨救我们，我们早就死了，我们要感谢你啊。我给人剃了一辈子头，也没有别的本事报答你，让我帮你剃个头，再清清爽爽地回到天上当神仙吧。”

从此，剃头就成了每年的二月初二的风俗。妇女们一边唱歌一边炒玉米花，而男人们则在“二月二，龙抬头，大仓满，小仓流”的歌声中，带着自家的儿子去剃“龙头”。

黄果树瀑布

很久以前，黄果树瀑布旁边的山坡上有户人家，这户人家只有老汉和老伴相依为命。

老汉在年轻的时候就到了这里，他和妻子砍树割草，一起在山坡上搭了茅草屋，一直住到现在。老汉在屋子四周种了很多黄果树，整整有一百棵。这么多年过去了，小树已经长大成林，将老汉的茅草屋团团围住。闲暇的时候，老汉就坐在房门口抽叶子烟，茅草屋的门正好对着飞泻而下的大瀑布。

起初，这瀑布没有名字，它有十来丈宽，从三四十丈高的悬崖上倾泻而下，轰隆隆的声音无日无夜地震响着，水滴能飞到几里路之外。清晨，当太阳照着瀑布时，天上就会出现五颜六色的彩虹。晚上，当月亮照着瀑布下面的深潭时，潭里又会折射出霞光。老汉就是这样每天早晚赏着瀑布奇景，守着黄果树，过着平淡幸福的日子。

这年，每一棵黄果树开的花都比往年的又多又大，浓郁的花香在很远的地方都闻得到。老夫妻觉得今年黄果的收成一定比往年好，收入也会变多。一想到这，老夫妻俩高兴极了。老汉答应给老伴做身新衣裳，老伴也承诺买二斤猪肉回来让老汉解解馋。日子就在期待中过着，幸福而美好。

但是，等到黄果花谢了，日子一天天过去，却并不见有黄果长出来。老汉每天围着每棵树看了又看，但就是不见树上结出黄果来。老汉既难过又失望，茶不思饭不想，每天闷着头不停地抽着叶子烟。一天下午，老汉郁闷地在家中打着瞌睡，门外突然传来老伴惊喜的叫声："老头子，你快看啊，黄果长出来了！"

听了这话，老汉马上从凳子上跳了起来，撒腿就朝门外跑。只见老伴站在门外，抱着一捆刚捡来的柴，正仰头向一棵黄果树上看。

"快看，好大的黄果！"老汉的妻子指着树上说。

"咦，太奇怪了，之前为什么没发现呢？"老汉看到茂密的枝叶中真的有一个黄果，纳闷地说，"这个黄果好奇怪，先不说之前没发现，如今花谢了没多久，它竟然就长得比熟透了的黄果还大。"

老汉和老伴又围着其他树找了一遍，一百棵树都被他们仔细找过了，除了这个黄果之外，再也找不出第二个黄果来。

发现这个奇怪的黄果之后，没多久，老汉家里来了一位不速之客。这个客人专程从远方赶过来找这黄果。他有三十来岁，又瘦又高，像个痨病鬼，但他的眼睛却闪着奇异的光。原来，这个人会识宝，他知道这个黄果是宝贝，所以特意赶来。

客人一进门，就问老汉愿不愿意卖这个黄果。

"这是要留着做种的，我还不想卖呢。"老汉漫不经心地答道。

"五百两银子卖不卖？"

"五百两？"老汉惊讶地说道。他辛苦了一辈子，连十两以上的银子都没有见过，更不要说五百两银子了。五百两究竟是多少，恐怕老汉自己也不清楚，但一定是非常多的银子。想到这里，老汉以为客人在逗他，可是看客人一本正经的样子，并不像是在开玩笑。

“要是你嫌五百两少，”客人说，“这样吧，我出一千两。这是定钱。”说着，客人从身边带着的口袋里拿出一个五十两的银元宝递给老汉。

老汉看着那么大一锭白花花的银子，紧张得说不出话来了。

“一千两不少了，定钱你收下吧。”客人把银元宝硬塞到老汉的手中。

老汉有点儿不知所措，他老伴急忙说道：“卖了吧，我这就去把黄果摘来。”

客人连忙阻止，说道：“这个黄果不急着摘，我的银子没带够。”

“那么你什么时候才要呢？”老汉问。

客人在树下看了看，掐着指头算了算，说道：“再过足足一百天，一百天后我来取黄果。不过你们要记住，在这一百天里，你们要时时刻刻守着它，不准人摸，更不能让鸟兽吃了。”

“放心！”老汉说，“我这里很少有人来。编个笼子罩住就不怕被鸟兽吃了。”

“不，不能罩住，让它长。”客人说，“你们只要日夜守着，不要有丝毫的疏忽就可以了，否则这个黄果我就不要了。”

“为什么呢？”老汉问。

“这个黄果是个宝！”客人凑到老汉的耳朵边轻轻地说。

“它能干吗呢？”老汉追问一句。

“这个嘛，到时候你就知道了！”客人不愿意多说，老汉也不好再问。

此后，老夫妻俩无论白天黑夜都守在这棵黄果树下，不敢有丝毫松懈。

转眼一百天要到了，老夫妻俩守得精疲力竭。守到第九十九天时，黄果马上就熟透了，夫妻俩实在是坚持不住了，想回屋歇一下，但害怕黄果被鸟兽吃了。老汉一想，长了这么久不差这最后一天，就将黄果摘回家放着，两人也回家休息了。

第二天，那位客人如约而至。他背来一捆丝线打的绳梯，一进门就问：“老人家，黄果长熟了吗？”

“熟透了，昨天我就把它摘下来了。”

“摘下来了？”客人诧异地问，“让我看看。”

老汉将黄果捧出来，只见这个黄果大如南瓜，香气扑鼻，确实是世间少有。买宝者仔细看了看，叹气说：“只差这一天，力气就不足了。”

“折腾了这么久，这个黄果到底有什么用呢？”老汉问。

客人用手指着对面的瀑布，对老汉说：“这个瀑布下面的深潭，有个聚宝坑，潭里面有很多金银珠宝，没法子拿上来。这个黄果可以打开深潭，结果还差一天你就把它摘下来了，力气还没长足，恐怕打不开了。不过我们可以去试试。”

话刚说完，客人抱起黄果，背着绳梯，来到瀑布下边的深潭边。老汉夫妻俩帮着他把绳梯捆在潭边大石上。捆好后，客人两手捧起黄果朝潭中央一丢，神奇的事情发生了：湍急的瀑布突然静止不动，深潭中的水也消失不见了。老汉夫妻伸头向潭内望去，金子银子、珍珠宝石像砂石一般铺满潭底，大大小小的铁箱零星散落一地。客人兴奋地将绳梯甩进潭里，抱着它一溜滑到潭底，他在潭底飞快地拣起黄果夹在腋下，急忙提着一口小铁箱沿着绳梯往上爬。可当他爬到一半时，突然一声巨响，吓得老夫妻俩神色大变。原来静止的瀑布又湍急地倾泻下来，深潭也在瞬间又涨满了水。等老汉反应过来，他们眼前只有那架绳梯还在晃悠，客人已经无影无踪了。

老汉摇着头，叹着气，从怀里拿出那锭已经被他摸得发亮的银元宝，颤抖着双手将它丢进深潭中，回头对妻子说："这不是我们庄稼人该要的东西，留着它不会有好事。"

从此，人们便把这瀑布叫"黄果树瀑布"。人们知道瀑布下有许多金银财宝，但人们找不到能够打开瀑布的钥匙，便无法取出财宝。

年的故事

上古时期，有一种叫作“年”的怪兽，它体形庞大，长得有点儿像四不像。年兽凶猛异常，经常在月黑风高的夜晚，跑出来吞食牲畜伤害人命。

人们惧怕年兽，终日人心惶惶，为躲避年兽过着东躲西藏的生活。天上的玉帝知道了此事，就派神农老祖去降伏年兽。神农老祖用神鞭鞭打年兽，年兽屈服于神鞭的威力，被神农老祖带回天庭，关进天牢。

不久，玉帝见年兽已被驯服，便答应每年月亮圆过十二次后，它就可以回到人间一次，还给它一个夜晚的时间觅食，这一晚就是年三十夜。年兽一回到人间就恢复了凶残的本性，一次就能吃光一个村庄的人畜。每年的年三十夜，人间所有的百姓都提心吊胆，他们点上蜡烛，互相安慰，彻夜不眠。

这一年，一位八十多岁的老人对大家说：“与其让年兽吃掉，还不如大家团结起来打跑它！”

大家决定拼死一搏，在这年的年三十夜里，人们聚集起来，点燃了一捆捆的青竹。年兽被冲天的火光和噼里啪啦的爆裂声吓得大惊失色，抱着脑袋逃回了天上。

天亮了，大家兴高采烈地走出家门，串亲戚看朋友，见面连声说“恭喜”，庆贺没有被年兽吞掉。后来人们为了庆祝过年，并且防止被年兽伤害，就把这一习俗延续至今。

巧妹绣龙

古时候在海上有一个小岛，岛上有个小姑娘叫巧妹。巧妹自幼喜爱绣花，她白天绣晚上也绣。长年累月下来，巧妹的绣花技术日益精湛，只要是她绣的东西最后都能变成活物！

这年，小岛发生旱灾，半年没有下雨。人们心急如焚，却只能束手无策地看着庄稼干死；孩子们吵着闹着要喝水，但一滴水也没有。

村民们饱受旱灾的煎熬，巧妹寝食难安，也没有心思绣花了。母亲看着她日渐憔悴，疼惜地问她："女儿每天茶不思饭不想，是不是有什么心事，有的话就告诉我。"

巧妹边哭边说："半年没有下雨了，这样下去可怎么办呀？"

母亲叹了口气说："最近几个月，大家都到白龙溪去求雨，但还是没有下一滴雨，实在没有办法啊！"

巧妹说："我要是能绣出条龙来就好了，绣活了龙，我们就有雨水了，所有的问题都能解决了。"

母亲听了心中一亮，说道："对呀！巧妹，你就快绣条龙吧！"

巧妹听了，却发了愁："我没见过龙，不知道龙的样子怎么绣呢？"

龙长得什么样子呢？巧妹左思右想实在是想象不出来。这时巧妹想到了白龙溪，大家都说白龙溪有龙，说不定那里真的会有龙！

第二天一早，巧妹带着干粮，告别爹娘，去白龙溪找龙去了。她翻山越岭来到白龙溪时，眼前的景象让巧妹的希望瞬间化为泡影。干旱让白龙溪的水也干涸了，溪边的花草全都枯死了。巧妹沿着白龙溪爬到山顶，坐在一块岩石上，不知所措，只能呆呆地望着干涸的溪底。这时耳边响起一个声音："巧妹呀！你怎么跑到这深山里来了？"

巧妹顺着声音看去，一位老爷爷笑眯眯地站在自己面前。巧妹站起来，毕恭毕敬地回答道："老爷爷，我是来找白龙的。"

老爷爷摇着头说："溪里没有水，哪还会有白龙呢？你快回家吧！"

巧妹望着老爷爷坚定地说："不！找不到白龙我决不回去，有了白龙我们那才能下雨。"

老爷爷听了，一边叹气一边走开了。一天、两天、三天，巧妹依旧没有找到白龙。巧妹不得不回到岩石边坐下，望着白龙溪发呆。

那位老爷爷又来了，他看见巧妹嘴唇干裂，疲惫不堪，苦口婆心地劝道："巧妹呀！白龙踪迹难寻，你找不着他的，还是回家去吧！"

巧妹抹了一把汗珠说："今天找不着，明天找；明天找不着，后天找，我相信总有一天会找着白龙的！"

老爷爷听了长长地叹口气，又走了。

日复一日，巧妹找遍了白龙溪每一个角落，依旧没有看见白龙的影子。巧妹只能再次回到白龙溪，精疲力竭的她再也撑不住，昏倒在岩石旁。

老爷爷又来了，他疼惜地用手指抚摸着巧妹的额头，巧妹醒过来，看见身旁的老爷爷，哇地哭了出来。老爷爷难过地劝慰巧妹："好孩子不哭！不是白龙不肯见你，是天命难违呀！走吧，我送你下山去吧！"

巧妹说："不行！找不到白龙，我死也不回家！"

老爷爷听了，心酸极了，感动得落下两滴眼泪。谁知这眼泪化成了雨，一滴眼泪就是一阵雨。在雨水的滋润下，地里的庄稼活了，人们也不口渴了。

老爷爷一看自己的眼泪变成了雨，顿时大惊失色，他对巧妹说："我该走了，你快回家吧！"话音刚落人就不见了。原来老爷爷就是白龙。

白龙的眼泪化成了雨，缓解了旱灾，村民高兴极了。这件事传到了龙王那里，龙王气得把几案都拍碎了，大骂白龙私降泪雨，触犯天规。

龙太子见龙王气愤至极，连忙劝慰他说："父王息怒，等我去把白龙抓来，剥它的鳞，抽它的筋，为父王出气！"

龙王想了想，说："不用！你把白龙叫来，我自有安排！"

这时巧妹看到下雨了，心里高兴极了，她不用再找白龙，便兴高采烈地往家跑。还没等她跑到家门口，雨就停了，火辣辣的太阳再次炙烤着大地。巧妹转身再次要去找白龙，却看到老爷爷急匆匆朝她走来。巧妹把他请进屋，让他坐下。

老爷爷说："巧妹呀！我有急事请你帮忙！"

巧妹说："老爷爷，尽管说，只要我能帮忙！"

"巧妹呀！其实我就是白龙，只因掉下的两滴眼泪，化成雨水，触犯了天规，龙王要拿我治罪呢！"

"啊！"

"不要慌，不要慌，有办法补救。"

"有什么办法？"

"你不是要绣龙吗？那就照着我的样子绣，绣一条和我一模一样的白龙，如果龙王来抓我，就放出你绣的龙，我便有救了！"

巧妹听了又惊又喜地说："白龙爷爷，我一定绣好龙像！"

老爷爷点点头，翻身打个滚，现出了龙形，瞬时满屋笼罩着银色的光芒。

巧妹聚精会神，认真观察白龙。她把白龙从头到尾、从上到下、前后左右看了好多遍，确信把白龙的形象牢牢地刻在心里才喜滋滋地说："白龙爷爷，我全记住了。"

白龙满意地说："巧妹呀，那就绣吧！绣好了就来找我！"

话音刚落，白龙变回人形就不见了。

巧妹准备好蓝绸、丝线，坐在房里，穿针引线，按照脑海中白龙的样子飞快地绣了起来。她足足绣了三天三夜，终于把白龙绣好了。

绣好后一大早，巧妹兴冲冲地上山找白龙。她找遍了白龙溪，都不见白龙的影子。巧妹惊慌地爬上山顶，大声呼喊："白龙

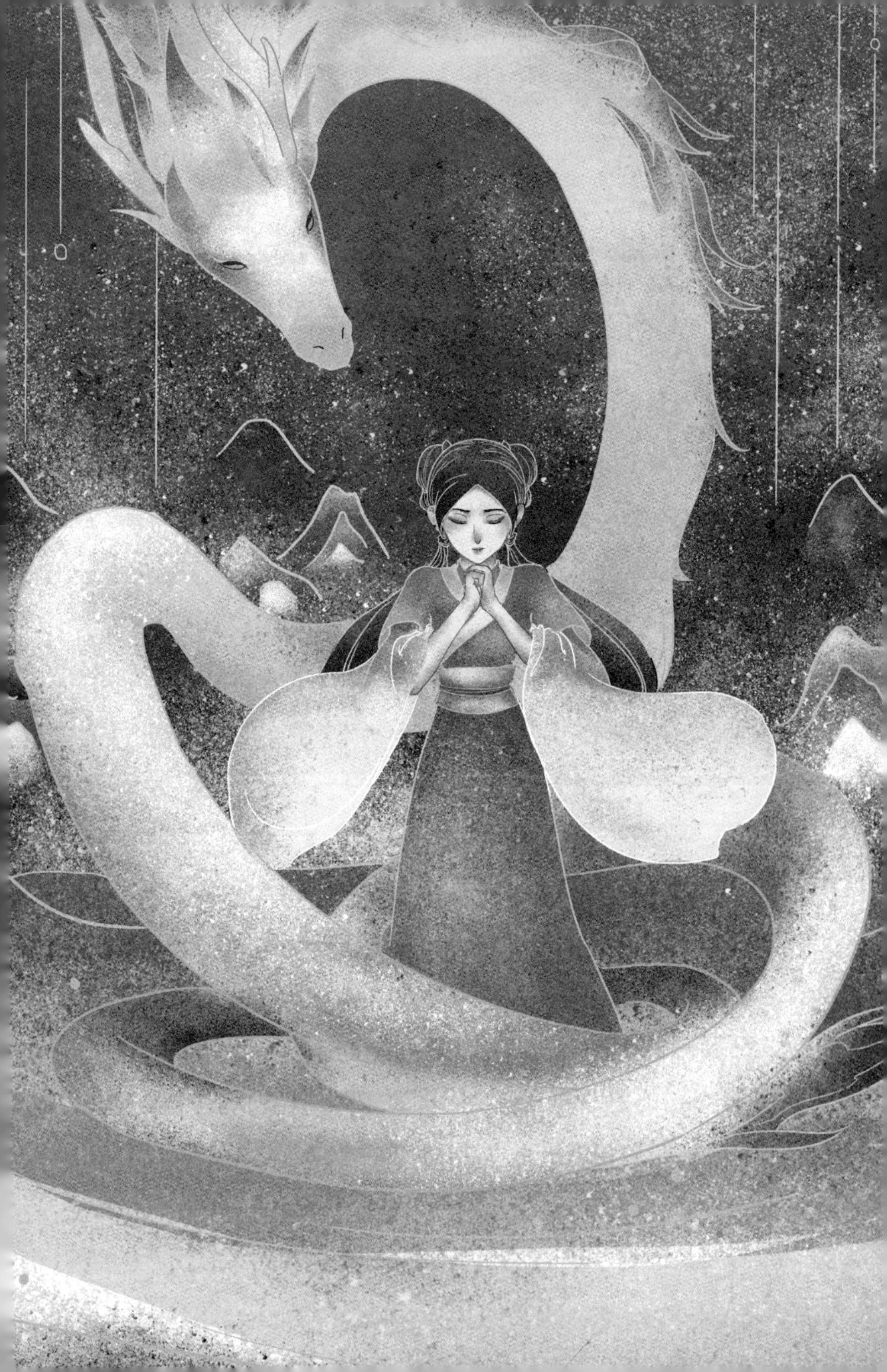

爷爷！白龙爷爷！”

但是巧妹喊哑了喉咙，也没有听见白龙的回音。

原来，昨天深夜，白龙就被龙王抓到了灵霄殿，龙王告他私降泪雨触犯天规，玉帝不由分说，便定了白龙斩刑。这会儿，白龙被绑在南天门外，马上就要被处斩了！

巧妹不停地喊着，天上一道雷声响起，白龙的头落进白龙溪，满腔龙血倾泻而下落在巧妹捧着的绣龙上。绣龙猛裂抖动，活了过来！只见它腾空而起，在巧妹头上盘旋，最后落入白龙溪。瞬间白龙溪清泉涌出，溪水潺潺。从那以后 ，白龙溪流水不断，再也没有干涸过，海岛的人民再也不怕旱灾了。

秋翁遇仙记

相传江城外有个长乐村，村里有个名叫秋翁的老人，以种花维生。他从小喜欢养植花草，对所种花草都很喜爱。但他的脾气古怪，从来不轻易让人进园游玩。

平江城里有个名叫张委的恶少。这天，恶少带着四五个家丁闯进了秋翁的花园，还对家丁说："没想到这里有这样的美景，这个糟老头还挺厉害，快回家挑一担酒菜来，我要在这里饮酒赏花。"张委几人围坐在花前，大声喧哗。秋翁知道他们不好惹，只能坐在一旁生闷气。张委斜着醉眼说："秋老头，把你的园子卖给我吧？"秋翁死活不愿意。张委借着酒劲骂人，几个家丁也冲进花丛，乱折乱摘。秋翁冲上去与他们拼命，却被这帮无赖打倒在地。随后，恶少带着家丁踏着满地的残花扬长而去。

秋翁气愤不已，号啕大哭，突然听到身后有人说话，秋翁回头一看，是一个年轻美貌的女子，便好奇地问："你是谁？"

那女子说："我听说你园中的牡丹花开了，专门来看看。哪知是如此残败不堪。"秋翁便将刚才的遭遇告诉了女子，那女子听了，笑着说："你取一碗清水来，我能让你的花园恢复原样。"秋翁听了，急忙去屋里取水，可他端着水出来时，那女子已经不见，而满地的落花都回到了枝头。

人们都说是神仙下凡保护了秋翁。这件事被张委知道了，他心中不甘，派家丁到官府诬告秋翁是要造反的妖人，官府把秋翁抓了起来。

张委又带着家丁闯进秋翁的花园赏花，可他们踏进园门，只见满园残花。一阵大风骤起，地上的花枝都被吹得竖起来，花枝都变成了一尺来长的女子，她们挥舞着长袖扑打过来，张委他们被吓得满院疯跑，每个人都受了伤。风停后，人们发现张委掉进粪窖淹死了。

自从官府的老爷抓了秋翁就生了重病，他听说张委死了，觉得是花仙在惩罚自己，吓得忙把秋翁放了。

这年的八月中秋，秋翁和他的花园一起升上了天空。传说，秋翁上天成了神仙，做了护花使者。

巫山神女

远古时，赤帝的女儿瑶姬，自幼聪慧美丽，精通诗书礼乐，人见人爱，赤帝视她为掌上明珠，宠爱有加。

不幸的是，十几岁的瑶姬突发怪病，群医束手无策，用尽了所有药物，不见起色。最后，大家只能眼睁睁地看着她死去了。

赤帝悲痛异常，但无计可施，只好将她葬在巫山之南。

瑶姬的魂魄在巫山上勤奋修炼，成为巫山神女。

一转眼数千年过去了。战国时期楚国君主楚怀王到云梦泽狩猎，在高唐馆休息。楚怀王正在午睡，迷迷糊糊中眼前出现了一位美丽的少女。看着诧异的楚怀王，那少女说："我是巫山之女，因仰慕你的为人，专门来服侍你。你不嫌弃的话，请让我留下来吧。"

楚怀王满心欢喜地留她住下了。

度过一段美好的时光后，少女思乡心切，想离开了。楚怀王依依不舍，但挽留不住她，只好让她离开。

临走前，少女告诉楚怀王："我住在巫山，每天早上变成云彩，傍晚变成细雨，如果你对我还有情，请时常来看我。"

话音刚落，少女消失了。

楚怀王在少女离开的情景中惊醒，发现原来是场梦。梦中的

一切却像真的一样，少女所说的话，清晰地萦绕在耳边。

虽然是梦，痴心的楚怀王却对梦中少女念念不忘，后悔没有留住她。

第二天一大早，楚怀王便按照少女所说，急忙地赶到巫山去找她。可是找了很久，楚怀王也没找到少女，只看到一座坟墓和一朵飘在他眼前的美丽的云彩。

为此，楚怀王便在此地建了一座“朝云庙”，庙里供奉着“巫山神女”的灵位，纪念梦中少女。之后，他经常去巫山，看早上的云彩和傍晚的细雨。

张三丰成仙

相传，张三丰住在泰安城西边的张家庵。他自幼父母双亡，无依无靠，寄住在破庙里，平时靠给村里有钱的员外家做短工维持生计。

有一天，在荒郊野岭，他见到一只喝得酩酊大醉现了原形的大狐狸。狐狸睡卧在坟头上，脖颈下还挂着发光的葫芦。张三丰小心翼翼地取下葫芦，发现里面有十粒金丹。他将金丹倒在手中，一口就吃了，这些金丹是仙家的秘藏内丹，是宝贝。

不久，张三丰发现自己像神仙一样，不光会飞还会法术。从这以后，他蓬头垢面，穿着又脏又烂的衣服。因此人们都叫他“邋遢张”。

虽然邋遢，但他悲天悯人，心怀慈悲。他帮助村里的孤寡贫苦人家干活，不在乎吃喝，不计较工钱。有一年夏天，农活繁忙，忙不过来的穷困户们，都来找张三丰帮忙。找他帮忙的有几十户人家，他通通都答应了。

第二天，满坡里干活的都是邋遢张。人们感到很奇怪，就到张家庵来探看，却看见邋遢张正在破庙中坐着修自己的破鞋。下午活干完了，满坡里的邋遢张都变成了纸人。张三丰知道人们看破了自己的仙气法术，便跑到泰山隐居起来。

为了纪念他，村民在村中修了邋遢张庙。这座庙非常灵验，不光能给人治病，农忙时，人们将小孩子抱到庙中来，让邋遢张的神灵来看护他们，这些小孩子在庙中也安安静静。有一年，张家庵来了个疯道士，他光膀赤足，肚子上生了个大疮，流脓淌水，口中大喊着："谁吮我肚，谁吮我肚！"人们知道他是疯子，没人搭理。最后，疯道士拉着一个年轻人问道："你吮我肚吧？"说完指着肚上的疮，那个小伙子吓得转身就跑。

疯道士看了看围观的人群，长叹一声，边唱边喊地向东方走去。事后，人们明白，"我肚"是"我渡"的意思。那个大肚疮是一枚仙桃，谁吃了谁就能成仙。这是张三丰回家渡人来了，可惜的是大家没有仙缘。

钱王射潮

如今的钱塘江潮是著名的景观。可在古代，凶猛的潮水经常冲毁两岸的堤坝。两岸的居民为拦住潮水，绞尽脑汁，用尽办法，但收效甚微。

五代十国时期，这片地区由一个叫钱镠的人负责管理，他性格刚烈，做事勇猛，大家称他为“钱王”。

钱王治理杭州，每项工作都做得很出色，除了修建大堤。因为江潮一天两次，每次大堤刚修好，就被冲得七零八落，海堤无法修筑，只能简单地加固。

钱王的部下实在无计可施，向他报告说：“江里的潮神每次都和我们对着干，辛辛苦苦快要把堤坝修好时，他就动用法术，兴风作浪，冲毁堤坝。反复修了多次，都是白费力气。”

钱王听后怒不可遏，厉声喝道：“这哪是神仙，简直就是令人生厌的妖怪，你们怎么不把他给杀了？”手下的人急忙解释道：“钱王，我们也无计可施。他是潮神，老巢在江里，他经常和龙王喝酒，来无影去无踪。只要他一出现就驾着潮水，搅得波浪滔天。我们这些凡人，拿他毫无办法，就算是坐着铁船，组织十万官兵去杀他，只要一碰到他驾起的潮头，就会被吞没。”

钱王越听越气，大吼道：“一定有办法降伏他，怎么能让小小的潮神肆意妄为！”

钱王平静后，仔细想了想，说：“这样吧，你们降服不了，我就亲自去。八月十八这一天，给我召集一万名弓箭手到江边，我倒要见识一下这个潮神，看他有多大的能耐！”

八月十八是潮神的生日，在这一天，潮神一定会骑着白马跑在潮头上面，潮头最高，水势也比平时更猛烈。

到了八月十八，钱王在江边的高处搭起一座高台，一早就在台上观看动静，耐心等待潮神。可是，召集的一万名弓箭手却迟迟没有到齐。

钱王怒气冲冲，马上传令要求弓箭手必须在一个时辰内到齐，否则按照军法处置，就地问斩。

此时，他的下属过来禀告说：“弓箭手到江边的必经之路上有一座山，此山只有一条窄路，一次只能容一个人经过，弓箭手因此来得晚，还请息怒。”

急性子的钱王听说这事，立马奔向那座山。来到山前一看，情况果然属实。钱王走到山顶四处观望，看到山的南边有条裂缝，他便两只脚踩在山的裂缝处，用力一蹬。随着“轰隆”一声巨响，大山竟然被他给蹬开了，眼前出现一条宽阔的大道。那些弓箭手在山下欢呼，不一会儿就全部通过这条大路，聚集在江边。

钱王再次登上江边高台时，一万名弓箭手严阵以待，等待潮神出现。

附近的百姓听说钱王要射杀潮神，个个欢呼雀跃，争相观战助威，黑压压的人群挤满了几十里长的江岸。眼看时辰将至，钱王站在台上，双手叉腰，对着江水大声喝道："潮神，你听着！要是你答应我今后不再兴风作浪，我就放过你，饶你不死！否则，就别怪我今天不留情面！"

岸上的百姓以及弓箭手听了这话，都欢呼起来，声音就像打雷一样。大家都神色紧张地盯着江水。

狂妄自大的潮神根本不理会钱王的警告。不一会儿，一条白线出现在江海相接的地方，快速移动。眼见白线越来越近，浪头越来越高，巨浪翻滚着冲向钱王所在的高台，大家的心都悬到了嗓子眼儿。

此时，钱王一声令下："放箭！"话音一落，岸上万箭齐发，直射潮头。围观的百姓们纷纷鼓掌，大声呐喊助威。一万支箭接着一万支箭不断射出，瞬间，箭像雨点一般射向浪头。

在几万支箭的连续射击下，平时凶猛的潮头无法向岸边移动半步，转眼就消失得无影无踪。钱王不给潮神一丝喘息的机会，随即下令："接着放箭！"刹那间，又是万箭齐发，潮神终于知道钱王的厉害，踉跄着向西南逃去，消失在水天尽头。

后来，人们在钱王所站的高台上建了一座塔，命名为"六和塔"，潮水一到六和塔便势头减缓，再无冲劲了。六和塔前，涌动的江水像个"之"字，因此这条江段也被人们称为"之江"。

钱王怒射潮神之后，防范潮水的海堤终于建成了。为了纪念钱王射潮的功绩，人们就把江边的海堤命名为"钱塘"。

竹之子

一天，天气晴朗，一位少女在河边洗衣服，顺着河水从远处漂来了一截儿竹子。竹子围在她的身边盘旋，少女没在意，继续洗衣服。随后，神奇的事发生了：从竹子里传出了婴儿的哭声。

少女诧异地捞起竹子，竹子立刻自动分为两半，里面躺着一个白白胖胖的小男孩。少女迟疑了一下，便高兴地抱着小男孩回家了。此后，她便待男孩像亲生的一样，悉心照料，精心教导。

在少女尽力教导下，小男孩长大了。少女知道他不是普通的孩子，于是聘请有学问的学者教导他，请武艺高强的武师训练他。

长大后的男孩没有辜负母亲的期望，他活泼聪明，身体健壮，才干卓越，乡亲们都喜爱他。

时光流逝，男孩的学识愈发渊博，武艺日益高强。最难能可贵的是他不遗余力地为国家做贡献。他年纪轻轻，就成为地方官。

之后，他的官阶越来越高，不久，便成为全国军队的最高统帅。

此后，军队在他的统领下，攻无不克，捷报频传，人们感念他的功劳，一致推举他当国王，即夜郎国国王。因为他出生于竹子里，所以人们也称他为“竹王”。

现在我国西南地区有许多“竹王神庙”，就是祭祀这位竹王的。

会移动的岛屿

从前有个叫李臣的商人，靠卖布维生。他生性善良，喜欢广结好友，常和友人饮酒作乐，遇到乞丐，也常倾囊相助。时间一长，李臣的妻子心中不免有些怨气，虽说家境好，但这样花钱，钱总有花完的时候。

因为这年罕见的旱灾，一滴雨也没有下，百姓们天天烧香求雨，却依旧没有雨水的影子。此时，李臣的生意也大不如前，百姓连饭都吃不上，更不会有人买绸缎了。

眼看家中的银子越来越少，李臣的妻子心急如焚。祸不单行的是，李臣的父亲发愁生意不好，也一病不起。李臣看到家人焦虑的样子，仔细考虑后，决定坐船去海外卖绸缎。经过几番周折，李臣和几个愿意一同去海外经商的朋友坐船上路了。

李臣一行人在无边无际的海上走了无数个日日夜夜，始终找不到可落脚停船的岛屿。船上的人个个心焦如焚。最让人无法忍受的是船上不能生火做饭，他们只好吃干粮。时间一长，他们无法忍受却也无计可施。

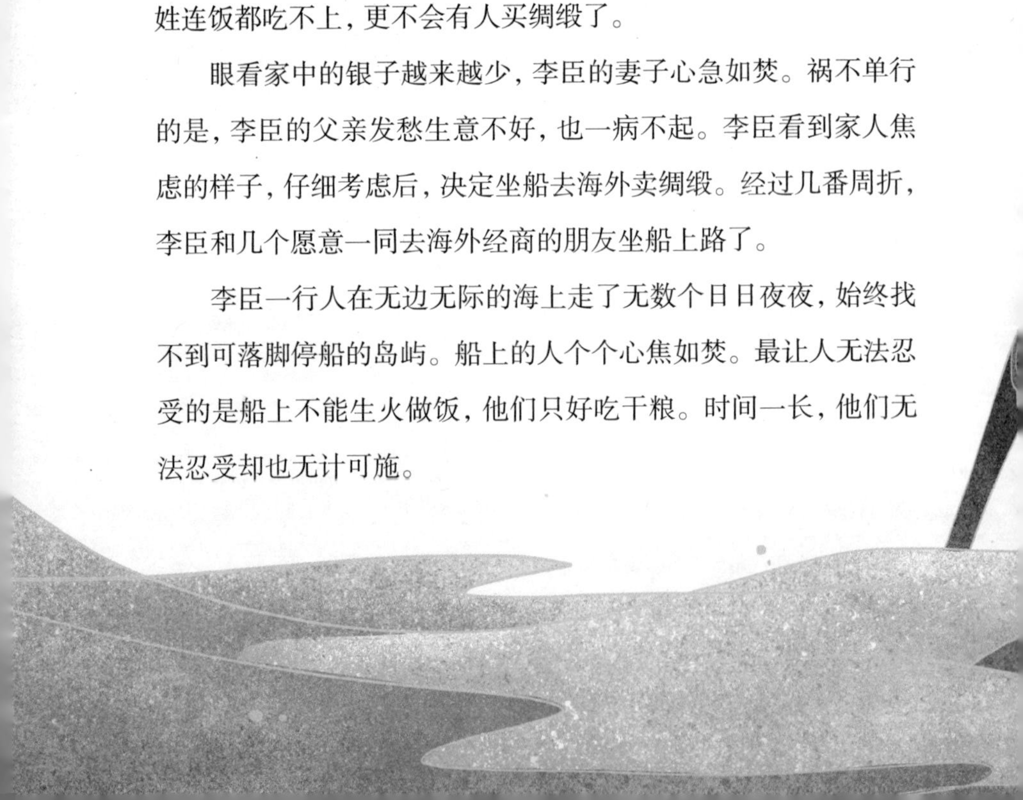

一天，船在海上顺风顺水地行驶。突然有人发现在茫茫的大海中，一座小岛若隐若现。岛上林木茂盛，风光旖旎。李臣兴奋极了，马上叫人停船上岛。

他们绕着岛参观了一圈，没发现人和动物的踪迹。大家来不及多想，连忙架好锅灶，生好炉火，开始烧饭。正烧着饭，有人发现脚下的小岛好像动了一下，突然，林木往海中下沉，小岛的面积不断缩小。所有人都吓坏了，慌不择路地逃回船上，斩断缆绳，开船离开小岛。

划离小岛后，他们再回头仔细一看，才发现哪有什么小岛！原来那个小岛是一只巨大的蟹罢了。因为他们燃火烧饭，烧痛了大蟹，大蟹无法忍受，才向海中游去。

《山海经》里的国度

众所周知，禹为治理洪水，走遍整个神州，晚年又四方巡游，见识了许多奇异的国家、风土人情。后来，他和大臣伯益将沿途的风土人情写成一本书——《山海经》。下面我们要讲的就是这本书所记录的四方诸国。因为年代久远，口口相传，很多具体细节已语焉不清。

东方诸国

东海是太阳和月亮升起时的必经之地，大人国在东海大言山附近的波谷山上。顾名思义，大人国这个国家的人身材高大，非常人可比。波谷山上有一个大人国居民开会议事的地方，叫“大人之堂”。那天，禹和手下们来到了这里，看到一个人正蹲在堂上，张开两只又长又大的手臂；还有一个人，正悠闲地划着一只独木舟在白浪滔天的东海上行驶，这独木舟要承载下大人的壮硕身躯，那体积对我们而言，也是很大了。这儿的人，要在母亲肚子里待够三十六年才会出生，刚生出来就是满头白发，而且十分魁梧。他们还不会走路时，就能腾云驾雾地四处玩耍。原来远古时代，在东海边上钓鳌的龙伯国大人就是他们的祖先，这个国家属于龙的族类。

君子国在大人国的北边。君子国的人不像大人国那么凶悍，他们总是穿戴整齐，温文尔雅，彼此友爱。他们的饮食习惯和我们一样，也吃各种肉类，并使唤着两头比猫还温顺的斑斓猛虎。这里的人很长寿，秘诀就是他们会将木槿树开的花蒸着吃。这种木槿花，早上盛开，夜晚凋落，寿命极短，神奇的是君子国的人吃了这寿命极短的花却能获得极长的生命。

继续向北走，就是青丘国。朝阳之谷夹在两个国家之间，谷里住着个虎身、八足、八尾，还长着八个脑袋的水神天吴。青丘国的人种植五谷，编织丝帛。这里出产的九尾白狐预示祥瑞，每到太平盛世就出现在人间。禹在涂山娶妻前见到的那只九尾狐狸，就来自青丘。

沿着青丘国向北，是黑齿国。不难想象，这个国家的人牙齿是黑色的，据说他们是天帝天后的子孙。黑齿国附近就是旸谷，太阳十个兄弟曾住在这里。除了牙齿黑，他们和我们没什么区别，也吃稻谷米饭。再有不同的是，他们还吃蛇，他们身边经常蜷伏着一红一白两条蛇。可能是与君子国相距不远吧，黑齿国的人也知书达理，斯斯文文。

继续北行，经过旸谷，便到了玄股国。顾名思义，玄股国的人两条腿都是黑色的，因为住在海边，他们穿鱼皮衣服，以海鸥为食。在这可以常常见到，两只海鸥挟着一个玄股国国民，在惊涛骇浪中翱翔。国中有一个叫雨师妾的部族，他们介于人和神之间，以能够征服蛇类著称。他们浑身发黑，有时两手各握一条蛇，有时候拿着乌龟。他们的左耳上挂着一条青蛇，右耳上挂着一条红蛇。

玄股国的北方是毛民国，国人的脸上、身上，都长着比箭杆上的羽毛还硬的毛发。这些人身材短小，住在洞穴之中，而且从来不穿衣服。他们是天神绰（chuò）人的后代，姓依。禹的曾孙修耠（huō）把绰人给杀了，禹同情他无辜被杀，偷偷将他救活，让他搬到了人迹罕至的地方居住，他的后代逐渐繁衍成了一个国家。

禹所到的最后一个东方国家是劳民国，这个国家的人也是通体黝黑，整天都是慌张、忙碌的模样，行住坐卧，都让旁人看得心神不宁。就算一点儿事都没有，他们也是如此，因此寿命短。他们以草籽和树上的果实为食。

南方诸国

禹出游南方，最先到达的是结胸国。结胸国的人最奇特的地方是：每个人胸前的骨头都是凸起的，像男子突出的喉结一样。更神奇的是，这个国家还出产一种像野鸭子的鸟，羽毛青中带红，只有一只翅膀、一只眼睛和一只脚。如果想飞，两只鸟必须傍在一起，否则只能在地上蹦跶，依照这种特点，人们形象地叫这种鸟为“比翼鸟”，文人们拿它来比喻夫妻间恩爱的关系。相传，人们只要坐了这种鸟飞行，就能活一千岁，但有没有人乘坐过，就没有人知道了。

沿着结胸国，朝东南方向走，就来到了羽民国。羽民国的人和鸟一样，都是从卵中孵出的。他们的长相也像鸟，长脑袋、白头发、红眼睛，有一张尖利的鸟嘴，后背上生有一对翅膀，能飞却飞不高也飞不远。国内有一种鸾鸟，和凤凰是同类，它们华贵的羽毛足有五米多长。国民就拿鸾鸟的蛋做食物，因此个个都长得和神仙一样俊秀不凡。

结胸国和羽民国的东面都和讙头国接壤。讙头国也叫讙朱国，名字的来源是尧的儿子丹朱。丹朱因为反对父亲把王位禅让给舜，被尧放逐，丹朱几次反叛未果，走投无路便跳海自杀，而他的子孙就在南方建立了这个国家。讙头国人也有鸟形的尖嘴，和一对只能做走路拐杖的翅膀。他们结伴来到海边，依靠鸟嘴捕捉海中的鱼虾，并以此为食。

沿着讙头国向南走，就是厌火国。这里的人貌似猿猴，肤黑如炭，能从口中喷出火焰，这是因为他们平时拿炭石当食物吃。厌火国有一种名叫“祸斗”的神兽，形状像狗，它既能喷火，也能吃火，给当地人带来了许多祸患。过了很久，有位百螺天女下凡和凡人成亲，因为不堪忍受贪官对丈夫的欺凌，盛怒下便牵来一头祸斗，烧毁了贪官的宅邸，真是大快人心。

向东走，就到了舜帝的后代繁衍而成的国家载民国。舜帝的儿子无淫被贬谪到了这个土地肥沃、物产丰饶的地方，索性定居下来。他的子孙和舜帝一样，都是黄皮肤，不用绩麻织布就有衣服穿，不用耕种就有粮食吃。他们擅长拉弓射蛇。国家出产鸾凤，往来鸣唱，各种走兽聚族而居，是人间少见的乐园！

东边的贯胸国也是一个胸部有特色的国家。这个国家也叫穿胸国，这里的人胸部都有一个圆圆的大洞，这洞跟迟到的防风氏有点关系。听贯胸国人说，洪水平息以后，禹和部下大神成光，乘着神龙到四方巡游，来到南方防风氏的部族时，防风氏的两个大臣对禹仍然心怀怨恨，还没等禹和成光的座驾降到地面，就拉满弓弦，向云端的两人射去。只听一声霹雳，瞬间电闪雷鸣，狂风暴雨骤起，两条神龙快速钻入空中，消失不见。两位大臣看到神龙逃走，自知闯下大祸，决定以死明志。他们神情肃穆，拔出腰刀，直刺胸口，倒地而亡。风雨过后，禹看到两位大臣的尸体，敬佩他们的忠心和胆识，便叫属下找来不死之药救活两人。但他们胸口的伤口无法愈合，并永远传给了他们的子子孙孙。聪明的贯胸国人从不为此苦恼，虽然样子不好看，但是出行很方便，只要拿一根竹竿从中间的大洞穿过去，前后两人便轻轻松松把这个人抬了起来，比坐轿子稳当。

贯胸国东方的邻国是交胫国。这个国家的人个头不高，腿脚弯曲而交叉，“胫”就是小腿的意思。可以想象，他们一躺下去就起不来，只能请旁人给拉起来，真不知道他们晚上睡觉是用什么奇怪的姿势！因为腿是交叉的，他们走起路来也一瘸一拐，我们看他们觉得奇怪，可他们看其他双腿笔直的人也会觉得奇怪吧！

再往东走，就是反舌国和三首国了。反舌国的人舌头是朝喉咙的方向生长，所以也叫歧舌国。他们国人讲话自己能听懂，但别国人却听不明白。三首国的人都长了三个脑袋，人如其名。

两国的东方是周饶国，这的人以身材矮小知名。这的人高不过三尺，矮的只有几厘米。他们就像我们的袖珍版，穿衣戴帽，斯斯文文，心灵手巧，他们制作了许多精巧的手工艺品。尧王在位时，他们进贡过几支叫“没羽”的箭，天下闻名。矮小带来了很多苦恼，比如他们种地时会遇到一种凶恶的白鹤，白鹤轻则啄伤人，重则把人掠走。还好有邻国大秦国身高十余丈的壮汉经常来保护他们，他们才能安心种田。

禹巡游南方到的最后一个国家是周饶国东侧的长臂国。长臂国的人身高和我们差不多，但是手臂有三丈长，因为平时太碍事，就围着腰绕上几圈。他们是生活在海边的渔民，手臂长也有好处，只要站在礁石上，伸出长臂，就可以从海底的岩缝里、礁石间抓到鲜活的鱼虾做美食。

北方诸国

疲惫的禹巡视了东方和南方，紧接着来到了北海。

首先，他来到了跂踵国。“跂踵”是脚踝的意思，这里的人足关节奇特，导致他们走路时只有五个脚趾着地，而后脚跟却高高翘起。后来有人说，不是这样的，他们的脚是倒着长的，人明明朝前走路，脚印却是朝后的，所以又叫“反踵”。有没有人去验证一下呢?

沿着跂踵国向西走，就可到达拘瘿（yǐng）国。《山海经》写完后，关于拘瘿国有些争议。有人说，“瘿”应该写作“缨”，就是帽子的飘带。因为这个国家的人喜欢用双手握住下巴，只有做事或者万不得已的时候才放下手来。也有人说，这是因为他们的下巴上长着难看的肉瘤，那肉瘤长得又长又大，天天晃来荡去，实在不好看，为了遮丑，他们才天天用手捂着。不过有一点大家都同意，就是在拘瘿国的南部长了一株参天巨木，叫寻木，高达千里，直耸入云。

向西行就到了夸父国。这名字让人联想到“夸父追日”的传说。没错，这个国家的子民就是当年为了追赶太阳、最后口渴而死的巨人夸父的后裔。他的子孙个个像先祖一样健壮魁梧，左手持黄蛇，右手持青蛇。国都东边有一片繁茂的桃林，叫作“邓林”。当年夸父累倒在地，手杖扔在地上，化成了两株桃树，桃树不断生长成如今的“邓林”。

再向西走，是聂耳国。聂耳国的人使唤着两头花斑猛虎当仆人。他们的耳朵又长又大，越过肩膀，平常像拘瘿国人一样，用两手握着耳垂。睡觉的时候，一只耳朵当褥子，一只耳朵当被子；夏天，两只耳朵既能遮阳，又当凉扇。他们的祖先则是东海之神禺（yǔ）虢（guó）。

聂耳国的西边是无肠国，也叫无腹国，是无启国的后代。不是说他们没肠子，只是肠子太短，只有一段，刚吃下去的东西还没来得及消化就排泄出来，所以这的人时刻都忙着吃喝，才能维持生命。

紧挨着无肠国的，是聂耳国的一支后人柔利国，还有一个深目国。柔利国的人没有骨头，只有一只手一条腿，平常只能像肉袋一样软软地蜷曲着拖行。深目国的人有着深邃的眼眶，简直要

凹陷到后脑勺上了。他们以鱼为食物，手里经常拿着一条鱼。

柔利国有一部分子孙在北海的最西边繁衍成了一个国家，叫无启国，又叫无继国。“无继”是后继无人的意思。可是他们是如何繁衍生息至今的呢？说来话长，原来他们都住在国境最北方的一个山洞里，饿了以洞中泥土为食，没有吃的，靠呼吸空气也能支撑三五日。长年累月，他们住的山洞被不断向北边拓展，直到北部寒冷的气候使土地龟裂，冰冻的地面再也取不到泥土。他们不得不走出洞穴，来到海边捕食小鱼。这些人不分男女，死了就埋在山洞里，但心脏不停止跳动。等过了一百二十年，他们就会苏醒，开始新的生活。死亡对他们来说，不过是一场漫长的睡眠。

北海这里，不光有奇特的人类，还有很多奇特的动物。

在一座叫蛇山的山巅上，栖息着成千上万的像凤凰一样美丽的大鸟，它们的羽毛五彩斑斓，腾飞时遮天蔽日，景色十分壮观。

幽都的大门叫作幽都之山，这里是黑色的世界。满目都是通体黑色的飞禽走兽和在地上爬行的蛇类。

翻过幽都之山，住在山洞的动物似人非人，他们通体透红，下肢恰似人类穿着红靴子，在原野上健步如飞。

少昊的后代繁衍出了一目国，那儿的人相貌丑陋，脸的正中只有一只眼睛，害怕的人们也叫这个国家成鬼国。成鬼国的附近，确实有许多鬼魅。有一种叫穷奇的野兽，吃人只从头部开始，长得像老虎，背上还插着一对翅膀；还有一种吃人从头开始的野兽，长相类犬，浑身发青，它们吃的人披头散发，十分吓人。有一种黑蜂，个头如茶杯大小，被蜇的人剧痛难忍。还有一个怪神叫

"据比之尸"，它的脖子被折断，脑袋低垂在胸前，蓬乱的头发倒挂下来，没有胳膊，直挺挺的身躯像段枯木。传说因为它反对天神，才被砍杀成这般恐怖的模样。

西方诸国

禹最后出游的地方是西海，在这里他也见识了许多有趣的国家。

长股国是他到的第一个国家。长股国与无启国邻近。长股国的人腿极长，有三丈多。他们很聪明，和长臂国的人合作捕鱼为生。这些人走路速度快，姿势特别。相传人们发明的杂耍技艺——踩高跷，就是模仿他们的。

这次的巡游，禹一路向南，第二个国家是肃慎国。该国人不穿衣服，而把整块的猪皮裹在身上。他们住在岩洞里，冬季寒冷时，会在身上涂抹一层厚厚的野兽的油脂。这里有一种洛棠树，人们定期把它柔韧又结实的树皮剥下来当衣穿，既耐穿又保暖，树也能正常生长。虽然生活艰苦，但国民生性乐观，他们喜欢拉弓射箭，听说他们的弓足足有四尺长。

接着，禹到了白民国。因为他们是帝俊的后代，通体都是白色，连头发也是白的，从远处看好像戴了一顶白帽，或者头顶有雪。这里有一种叫"乘黄"的走兽，样似狸猫，健步如飞，因此又叫"飞黄"，传说乘上它，可以活两千岁。成语"飞黄腾达"，就是来源于它。

下一个国家是沃民国，因土地肥沃而闻名。在这里，如果你看见有人一边走一边正捧着蛋吃得津津有味，不用说，他吃的一定是凤凰蛋，前面为他开路的也是两只凤凰。因为物产丰饶，凤凰、鸾鸟、祥兽都在这里聚族而居，一派祥和。这的人不用耕种，吃鸟蛋、饮天地间的甘露就能活几百岁。

向前走，就可以看到穷山旁边的轩辕国。这里的人都是黄帝轩辕氏的后代，他们长得和天神差不多，都是人面蛇身。该国国民个个长寿，活八百岁算短命的，往往都是因为生病或者出意外而去世。国家的西部有一个叫“轩辕之丘”的土堆，长年有四条蛇守卫那里。人们都不敢朝这个方向射箭，害怕触怒轩辕黄帝的神灵带来无名的灾祸。

附近还有个女儿国。这个国家只有女子，没有男人。如果想繁衍后代该怎么办呢？成年的女子只要来到黄池中洗澡，就可以受孕产子了。如果生下的是男孩，活不到三两岁就会夭折，而女孩则无病无灾地顺利长大成人。

女儿国的南边是巫咸国，这是由一群巫师组成的国家，这些

巫师左手持青蛇，右手持红蛇，从登葆山上到天庭，把人民的意愿上传给天帝，下山后再将天帝的意旨下达人民。这途中，他们会采摘一些名贵草药，替百姓疗伤治病。

再往南，就是和女儿国截然相反的男子国。这些国民衣着整洁，腰佩宝剑，男子威仪十足，同样没有一个女子。这是因为，原来有个叫太尤的人，派了手下去西王母那儿寻找不死之药。这群人走到了男子国这里，口粮刚好吃完了，不得不在这荒山野岭住下，以山间野果树皮为生，渐渐形成了一个国家。因为没有女子，这里的孩子都是从父亲的腋窝下的肋骨间生出来。还有人说，是父亲将自己的影子凝聚成形，和原有的身体分裂而成的新生命，当一个人分成两个时，本人就会死去。

讲到了奇肱（gōng）国，争议就比较大了。有一些人坚持管这个国家叫“奇股国”，离玉门关有四万里。“奇肱”是说只有一只手，“奇股”是说只有一只脚，也不知道谁说的是对的。还有人讲，该国国民擅长制造巧器来捕捉鸟兽，会制作飞车，他们经常乘坐飞车到处游荡。有人不同意这种说法，他们说，这个国家的人有三只眼，他们骑的不是飞车，而是一种叫“吉良”的白色红鬃花斑马，这种马的脖子长得像鸡尾，眼睛是金黄的，骑它的人能活一千岁。

一臂国的人比较有趣，他们像比翼鸟，只有一只胳膊、一只眼睛、一个鼻孔，是名副其实的“半体人”，所以只能两个人合体才能自由活动。这个国家有一种黄马，身上长着老虎的斑纹，但和人一样，也是半个身体、一只眼睛、一个鼻孔。

要是南边的三身国国民能分出身子给一臂国人就好了，他们一个脑袋却长着三个身子，是帝俊的后裔。这个国家有一座荣山，山里有一条凶猛的大黑蛇，能将一整只麋鹿直接吞进肚子里，胃口极大。荣山旁边是巫山，在山顶的秘密洞穴中保存着天帝的八种珍贵仙药，五色凤凰看守着洞口，五色凤凰不仅要守着仙药，也监督着荣山的大黑蛇，防止它出来作乱。

禹巡视的最后一个国家是灭蒙鸟国，这就需要他从三身国朝南走过好几个国家。灭蒙鸟国和南方的结胸国接壤，国民都是人首鸟身，羽毛是红、青、黄三色。我们都能听懂他们的语言，因为他们是帮助禹治水的伯益的后代。伯益有个人首鸟身的后代叫孟戏，他在此地建立国家时，许多凤凰也跟了过来。这里山林茂密，林间是成片的竹子，凤凰们就在竹林间搭窝筑巢，孟戏的子孙就以林间的果子为食，逐渐形成了这么个神奇的国家。

盆子里的孩子

在大海边的小渔村，住着一群善良纯朴的渔民，他们以出海捕鱼为生，生活平淡却快乐。

有一天，平静的海上来了一艘气派的大船，这船来了之后，渔民们的日子就不好过了。县太爷贴出告示说：这艘大船是皇帝派来的，只要是这艘大船在的地方，渔民们就不能去那里捕鱼。

没过几天，两个衙役来到渔村。他们在村子里贴出告示，说以后，皇帝的船要在这里演习，任何人都禁止下海捕鱼。如果有人胆敢违抗命令，擅自捕鱼，严惩不贷。

告示一出，愁坏了靠海为生的渔民们，不准捕鱼，就没有吃的。他们世世代代以捕鱼为生，如今让他们整天待在家里，实在不知道能干什么。

渔村里有一位白发苍苍的老爷爷，他打了几十年的鱼，知道官府不让渔民出海打鱼，非常生气。在家里闷了好几天，终于在一天夜里，忍无可忍的老爷爷带上渔网，悄悄地划着自己的小船出海捕鱼。

老爷爷轻轻地摇着桨，绕过大船，一直往海里划着。他在一处风平浪静的海面上停下，正要撒网打鱼，突然，海面上冒起了一团忽明忽暗的亮光。是什么这么亮？老爷爷揉了揉眼睛，等他睁开眼睛时，亮光却不见了。没一会，亮光又冒出来了……老爷爷百思不得其解。这时候，天马上要亮了，他赶紧收好渔网，划船回家了。

到家后，老爷爷悄悄对几个一起打鱼的渔民说："我给你们说件稀奇事。昨天夜里我偷偷去海上捕鱼，正要撒网时海面上突然冒出来一团亮亮的东西，若隐若现，一会儿钻进去，一会儿冒出来。可神奇了！""咦！这么奇怪。那可能是个宝贝吧？要不今天晚上我们一起去看看。说不定会有惊喜呢！"其中一个伙计眼睛瞪得圆圆的。

另一个年龄稍长的伙计却急忙劝阻说："算了！算了！我们要是被发现会被杀头的！""你个胆小鬼，不去算了，我们去！要是捞到宝贝，你可别后悔。"

天一黑，老爷爷和两个胆子比较大的小伙子就悄悄划着小船出海了。他们刚从大船旁边划过，原本平静的海面忽然起风。风越刮越大，海浪拍打着小船，小船在巨浪里左摇右晃，费了好大劲他们才把小船划到昨天晚上老爷爷看见亮光的地方。三个人瞪大眼睛，使劲儿瞧着海面，但根本就没有亮光。

一个小伙子失望地说："我们都看这么久了，没有一点儿动静，不如早点儿回去吧。"当他们准备掉转船头回去时，只听海水"哗啦"响了一下，接着，"砰"的一声，海里终于冒出了那道亮光。

"捞上来看看到底是什么东西。我们俩的技术不行，大爷，您来捞吧。"一个小伙子说。老爷爷点点头，看准了亮光，举起渔网，“唰”地一下把网撒下去，不偏不倚地把亮光给扣住了。

两个小伙子急忙把网拉上来，他们觉得网里沉甸甸的，心想这次收获不小。可当他们拉到船上一看，网里只有一个空盆子。他们看了看说：“这么个小盆不可能是宝贝！唉！白忙活了一场。”之后，他们就带着这个小盆，划着小船回到岸上，老爷爷抱起盆子在明亮的月光下仔细看，他看出了名堂。

盆子里刻着浪花、荷叶、荷花，荷叶和荷花旁边，还有两条小金鱼。那朵鲜艳的荷花上，坐着一个白胖胖的小男孩。这个小男孩穿着一件红肚兜，光着脚丫子，手里拿着一根钓鱼竿，他坐在鲜艳的荷花上好像正冲着老爷爷笑。“大爷，您怎么还在看？就是一个破盆，折腾了一夜，您快别看了，早点回去休息吧。”小伙子说完，看了一眼空盆子就回去睡觉了。不久，老爷爷也抱着小盆回家了。

精疲力竭的老爷爷把小盆搁在桌子上，倒头就睡了。睡着睡着，他迷迷糊糊地觉得屋里好像有动静，睁眼一看，只见从桌上那个小盆里冒出一道光，和昨晚在海面上看到的一模一样。老爷爷慢慢地从床上爬起来，轻轻走到桌子前。惊奇地发现：盆里的东西都活了，荷叶开始晃动，不断地往上长，越长越高，越长越大。荷花上坐着的那个小男孩也活了，他眨着眼睛，突然就长大了。老爷爷不敢相信自己的眼睛，这个空盆子真是个宝贝！他揉揉眼睛，使劲往胳膊上掐了一下，胳膊上的疼痛让他知道这都是真的，这不是在做梦。老爷爷睁大眼睛，他要看看到底会发生什么。

只见那个小男孩从荷花上站了起来，把鱼竿往肩上一扛，看了一眼老爷爷，随后笑嘻嘻地对着小盆唱开了："小盆小盆摇一摇，水儿水儿漂一漂。"只见那个小盆一摇晃，盆里立刻装满清水。

小男孩又接着唱："水儿水儿流一流，鱼儿鱼儿游一游。"随后盆里泛起了几朵洁白的水花，那两条可爱的小金鱼也在盆里欢快地游弋（yì）。接着，小男孩又笑嘻嘻地继续唱："金鱼金鱼跳一跳，清水清水冒一冒。"这时候，两条小金鱼真的从盆里跳出来，跳得好高好高，盆里的清水也跟着"哗啦哗啦"地往上窜。两条小金鱼像是在比赛，不停地向上跳着，谁都不甘心落后。

小男孩把鱼竿一甩，钓起了一条小金鱼，小金鱼在鱼钩上直甩尾巴。过了一会儿，小男孩又把鱼竿沉入水中，小金鱼便"扑通"一声掉在鱼盆里，亮晶晶的水珠溅出来，落在桌子上。接着，小男孩又钓起另外一条小金鱼，他一边钓，一边开心地笑着，模样可爱极了。

看到这个场景，老爷爷惊讶得说不出话。

天亮了，传来了公鸡的打鸣声。小男孩收起鱼竿，唱道："清水清水静一静，金鱼金鱼快睡觉！"歌声刚落，盆里立刻安静下来，小男孩坐回荷花上，一切都回归平静。老爷爷弯下腰仔细一看，他发现小盆又成了原来的样子。

“太奇怪了。”老爷爷再往桌子上一看，刚才溅出来的小水珠全变成了散发着夺目光芒的珍珠。老爷爷赶紧把桌上的珍珠收起来，带着它们找到那些打鱼的村民，把昨晚发生的事情说了一遍。大伙儿听后都觉得不可思议。随后，老爷爷把珍珠分给了村民，大伙儿很高兴，都夸小盆是个宝贝。从此，小男孩每天晚上都出来唱歌，老爷爷天天都能收好多珍珠。每天，老爷爷都把珍珠分给村民。这样，村民再也不发愁吃穿了。

好景不长，衙门里的一个坏衙役知道了这件事。他听说渔村的老爷爷从海里打上来一个宝贝鱼盆，能变出许多珍珠来，便想把小盆占为己有。这天夜里，坏衙役穿着黑衣，像幽灵一样，悄悄摸到老爷爷家门口。他从门缝向里看，只见桌上真的有个小盆，一个小男孩正拿着鱼竿，一边唱一边钓鱼呢，水珠溅得满桌子都是。这家伙看得目瞪口呆。天快亮了，小男孩不唱了，荷花也缩回去了。可是，桌子上却满是闪闪发光的珍珠。

坏衙役想：我一定要想办法把这个宝贝弄到手！然后，他就悄悄地溜回衙门去了。

当天下午，这个衙役火急火燎地跑到老爷爷的村里。他一边叫嚣，一边用力拍着老爷爷家的门，大声叫道：“糟老头，快把宝贝鱼盆还给我！”老爷爷一听就急了：“胡说八道，这宝贝什么时候成了你的！”老爷爷一边说一边把他往外推，坏衙役摔了个大跟头。衙役连滚带爬地起来说：“死老头子，我是官府里的人，你竟敢推我。”这时村民围了过来。他们看到坏衙役恐吓老爷爷，气得拳头都攥起来了。坏衙役看到这么多人，吓得一溜烟儿地逃走了。

第二天早晨，老爷爷起床把鱼盆洗干净，准备出去找大家商量把鱼盆藏起来。还没走到门口，只见县官老爷带着两个人凶神恶煞地闯进来，不问青红皂白就拿起铁链子锁住了老爷爷的脖子。这时，那个坏衙役溜进了屋，抱起桌上的小鱼盆跟在后面。官府的人一前一后，硬生生把老爷爷拽到了县衙门。县官老爷坐在大桌子后面，“啪”地一拍桌子，厉声说道：“大胆刁民，你可知有罪？”“我没有罪！”“刁民，你少装糊涂！你从大船上偷了宝贝鱼盆，还不赶快承认！”原来，那个坏衙役没有得到宝贝，气急败坏地跑到县太爷那儿，诬告老爷爷偷了大船上的宝贝。

老爷爷压着怒火，说：“县官老爷，那只大船那么高，船上还有那么多官兵，我上得去吗？ 这鱼盆是我千辛万苦地从大海里捞出来的。”听了这话，县官哑口无言，依旧翻转眼珠子，“啪”地又把桌子一拍说：“大胆刁民，还敢狡辩，拖下去给我狠狠地打。”这时，那坏衙役从县官的身后走出来，假仁假义地说：“县太爷息怒，您饶了这个不懂事的糟老头吧！”老爷爷气愤地说：“呸！哪个要你可怜！这个鱼盆是我们亲手从海里捞上来的。”坏衙役又说：“老头儿你要讲道理。不要把别人的东西说成是自己的！”县官也在一旁说道：“对呀，不要把别人的东西说成是自己的！鱼盆是皇上的，我就该为皇上取回！”县官说完，坏衙役连忙附和：“老爷说得对，这个鱼盆是当今皇上的，应该由老爷把它收回，还给皇上，糟老头，你明白没有？”老爷爷听着这两个坏蛋一唱一和，想了想说：“让我还回去可以，但我要再看一眼那个小盆。”县太爷连忙说：“这个没问题，可以给你看。”县官对那个衙役说：“快把鱼盆拿给他看！”老爷爷接过鱼盆，摸着鱼盆里的小男孩说：“胖小子，谢谢你给我们大家带来了快乐和财富。今天我们就要分开了，那些坏人要抢走你，所以我只能这样做了。”说着，老爷爷举起鱼盆用力往地上一摔。只见这个鱼盆“噗”地冒起了一道亮光，把坏衙役和县官吓得直往桌子底下钻。

大家一看，鱼盆里的小男孩活了，他从盆里跳起来，晃了一晃，就长大了。小男孩手里拿着钓鱼竿，“唰”地往桌子底下一甩，鱼钩就钩在衙役的嘴巴上，那家伙疼得直叫。小男孩又把鱼竿往上一提，就把那个坏衙役吊到了半空中。钓鱼竿左摇右甩，那个坏衙役在半空中直翻跟头。最后，小男孩使劲儿一甩，那坏衙役就被甩进了大海里。那个坏家伙刚落入大海里，海上就刮起了大风。

大家听到坏衙役在海里大喊救命，心中解恨极了。随后，村民大声地喊着：“快捉住县官啊，别让狗县官跑喽！”

当大家把县官从桌子底下拉出来，一看都乐了，县官已经被吓死了。这时候，小男孩把身子一晃，又变小了，他跳回鱼盆里去了。老爷爷把鱼盆抱起来，大伙儿兴高采烈地说：“哎呀，这太好了！这个宝贝盆又回到咱们自己的手里啦！”从此，小男孩还是像以前那样，到了半夜就起来钓金鱼，溅出来的水珠都变成了一颗颗珍珠，老爷爷把珍珠分给打鱼的穷人，人们都过上了幸福的生活。